生命以痛吻我，
我却报之以歌

史铁生 等著

华中科技大学出版社
http://press.hust.edu.cn
中国·武汉

图书在版编目(CIP)数据

生命以痛吻我,我却报之以歌/史铁生等著. −武汉:华中科技大学出版社,
2025.7. − ISBN 978-7-5772-1829-8

Ⅰ. I266

中国国家版本馆CIP数据核字第20253E0R38号

生命以痛吻我,我却报之以歌 史铁生 等著
Shengming yi Tong Wen Wo, Wo que Bao Zhi yi Ge

策划编辑:娄志敏	
责任编辑:田金麟	
封面设计:仙　境	
责任校对:刘　竣	
责任监印:朱　玢	
出版发行:华中科技大学出版社(中国•武汉)	电话:(027)81321913
武汉市东湖新技术开发区华工科技园	邮编:430223
印　　刷:湖北新华印务有限公司	
开　　本:880mm×1230mm　1/32	
印　　张:7.375	
字　　数:135千字	
版　　次:2025年7月第1版第1次印刷	
定　　价:49.80元	

本书若有印装质量问题,请向出版社营销中心调换
全国免费服务热线:400-6679-118　竭诚为您服务
版权所有　侵权必究

  要是有些事我没说,地坛,你别以为是我忘了,我什么也没忘,但是有些事只适合收藏。不能说,也不能想,却又不能忘。

奶奶坐在满树的繁花中,满地的浓荫里,张望复张望,或不断地要我给她说说:"这一段到底是什么意思?"——这形象,逐年地定格成我的思念和我永生的痛悔。

如果我学得了一丝一毫的好脾气,如果我学得了一点点待人接物的和气,如果我能宽恕人、体谅人——我都得感谢我的慈母。

在寂寞的羁旅之中看到这几片绿叶,我心里真是说不出的喜欢。这几片绿叶使我欣慰,并且,并不夸张地说,使我获得一点生活的勇气。

您若说人生如电光泡影,则刹那便是光的一闪、影的一现。这光影虽是暂时的存在,但是有不是无,是实在不是空虚;这一闪一现便是实现,也便是发展——也便是历程的满足。

地上一切花叶都从阳光取得生命的芳馥,人在自然秩序中,也只是一种生物,还待从阳光中取得营养和教育。美不能在风光中静止,生命也不能在风光中静止,值得留心!

目 录

第一章
生命以痛吻我,我却报之以歌

有一天,在某一处山洼里,势必会跑上来一个欢蹦的孩子,抱着他的玩具。当然,那不是我。但是,那不是我吗?

人间	…… 史铁生	003
我与地坛(节选)	…… 史铁生	006
老海棠树	…… 史铁生	013
祖父死了的时候	…… 萧 红	017
生机	…… 汪曾祺	022
一个人在途上	…… 郁达夫	026
一封信	…… 朱自清	035

生命以痛吻我,我却报之以歌

第二章
身旁那么多人,可世界不声不响

如果我学得了一丝一毫的好脾气,如果我学得了一点点待人接物的和气,如果我能宽恕人、体谅人——我都得感谢我的慈母。

我的父亲 …… 汪曾祺 043

我的母亲 …… 胡 适 052

梦痕 …… 丰子恺 059

给我的孩子们 …… 丰子恺 065

永在的温情 …… 郑振铎 070

志摩在回忆里 …… 郁达夫 079

四位先生 …… 老 舍 086

我的一位国文老师 …… 梁实秋 093

第三章
我们生而孤独，何惧世间荒芜

孤独一点，在你缺少一切的时节，你就会发现原来还有个你自己。

独处	…… 沈从文	101
晨梦	…… 丰子恺	105
旧	…… 梁实秋	108
谈时间	…… 梁实秋	112
谈幽默	…… 梁实秋	116
自己的园地	…… 周作人	120
沉默	…… 周作人	123
论自己	…… 朱自清	126

生命以痛吻我，我却报之以歌

第四章
生活是一万次的春和景明

在一些微笑或皱眉印象上称较分量，在无边际人事上驰骋细想正是一种生活。

草木虫鱼鸟兽	…… 汪曾祺	133
多鼠斋杂谈	…… 老　舍	139
致沈从文	…… 林徽因	157
蛛丝与梅花	…… 林徽因	162
山中的历日	…… 郑振铎	167
月夜之话	…… 郑振铎	174
天目山中笔记	…… 徐志摩	181

目录

第五章
人间种种美好,种种有情

生活是种律动,须有光有影,有左有右,有晴有雨;滋味就含在这变而不猛的曲折里。

消逝的钟声 …… 史铁生 189

无事此静坐 …… 汪曾祺 194

水云 …… 沈从文 197

刹那 …… 朱自清 206

小病 …… 老 舍 211

从孩子得到的启示 …… 丰子恺 214

生之记录(节选) …… 沈从文 218

005

第一章

生命以痛吻我,
我却报之以歌

人间　　/史铁生

"瘫痪后你是怎么……譬如说,你是……?"记者一时不知怎么说好,双手像是比画着一个圆球。

我懂了他的意思,说:"那时我只想快点死。"

"哪里哪里,你太谦虚。"他微笑着,望着我。

可我那时是真想死,不记得怎么谦虚过。

"你是不是觉得不能再为人民……所以才……"

我摇摇头,想起了我那时写过的一首诗:轻推小窗看春色,漏入人间一斜阳……

"那你为什么没有……"记者像是有些失望了。

我说,我是命运的宠儿。他奇怪地瞪着我。

"您看我这手摇车,是十几个老同学凑钱给我买的……看这弹簧床,是个街坊给我做的……这棉裤,是邻居朱奶奶做的……还有这毛衣——那个女孩子也在我们街道生产组干过……生产组的门窄,手摇车进不去,一个小伙子天天背我……"

记者飞快地记着。"最好说件具体的。"他说。

我想了一会儿,找出了那张粮票(很破,中间贴了一条白纸)。"前些年,您知道它对一个陕北的农民来说等于什么吗?"我说,"也许等于一辆汽车,也许等于一所别墅;当然,要看和谁比。不过,它比汽车和别墅可重要多了;为了舍不得这么张小纸片,有时会耽误了一条人命。"

记者看看那粮票,说:"是陕西省通用的?"

"是。可他不懂。我寄还给他,说这在北京不能用。他又给我寄了回来,说这是他卖了留着过年用的十斤好黄米才得来的,凭什么不能用?噢,他是我插队时的房东老汉,喂牛的……"

有些事我不想对记者说。其实,队里早不让他喂牛了;有一回,他偷吃了喂牛的黑豆……

"他说,这十斤粮票,我看病时用得着。"

"看病?用粮票?"记者问。看来他没插过队。

"比送什么都管用,他以为北京也是那样。后来我才知道,他儿子的病是怎么耽误的。我没见过他的儿子,那时他只带个小孙女一块过。"

我和记者都沉默着,看着那张汗污的粮票。

第一章　生命以痛吻我，我却报之以歌

"现在怎么样?"记者问我,"你们还有联系吗?"

"现在有现在的难处,要是把满街贴广告的力气用来多生产点像样的缝纫机就好了。"

记者没明白。

"前些日子他寄钱来,想给他孙女买台缝纫机,他自己想要把二胡。可惜,我只帮他买到了二胡。他说,缝纫机一定得买最好的,要不他孙女该生气了。简直算得上是忘本了吧?"

记者笑了,吹去笔记本上的烟灰:"还是回到正题上来吧。你是怎么战胜了……譬如说……"

"还有医院的大夫,常来家看我……还有生产组的大妈们,冬天总在火炉上烤热两块砖,给我垫在脚下……还有……唉!我说不好,也说不完。"

我与地坛（节选）　　/史铁生

设若有一位园神，他一定早已注意到了，这么多年我在这园里坐着，有时候是轻松快乐的，有时候是沉郁苦闷的，有时候优哉游哉，有时候恓惶落寞，有时候平静而且自信，有时候又软弱、又迷茫。其实总共只有三个问题交替着来骚扰我，来陪伴我。第一个是要不要去死，第二个是为什么活，第三个，我干吗要写作。

现在让我看看，它们迄今都是怎样编织在一起的吧。

你说，你看穿了死是一件无需乎着急去做的事，是一件无论怎样耽搁也不会错过的事，便决定活下去试试？是的，至少这是很关键的因素。为什么要活下去试试呢？好像仅仅是因为不甘心，机会难得，不试白不试，腿反正是完了，一切仿佛都要完了，但死神很守信用，试一试不会额外再有什么损失。说不定倒有额外的好处呢是不是？我说过，这一来我轻松多了，

第一章　生命以痛吻我，我却报之以歌

自由多了。为什么要写作呢？作家是两个被人看重的字，这谁都知道。为了让那个躲在园子深处坐轮椅的人，有朝一日在别人眼里也稍微有点儿光彩，在众人眼里也能有个位置，哪怕那时再去死呢也就多少说得过去了。开始的时候就是这样想，这不用保密，这些现在不用保密了。

我带着本子和笔，到园中找一个最不为人打扰的角落，偷偷地写。那个爱唱歌的小伙子在不远的地方一直唱。要是有人走过来，我就把本子合上把笔叼在嘴里。我怕写不成反落得尴尬。我很要面子。可是你写成了，而且发表了。人家说我写得还不坏，他们甚至说：真没想到你写得这么好。我心说你们没想到的事还多着呢。我确实有整整一宿高兴得没合眼。我很想让那个唱歌的小伙子知道，因为他的歌也毕竟是唱得不错。我告诉我的长跑家朋友的时候，那个中年女工程师正优雅地在园中穿行；长跑家很激动，他说好吧，我玩命跑，你玩命写。这一来你中了魔了，整天都在想哪一件事可以写，哪一个人可以让你写成小说。是中了魔了，我走到哪儿想到哪儿，在人山人海里只寻找小说。要是有一种小说试剂就好了，见人就滴两滴看他是不是一篇小说；要是有一种小说显影液就好了，把它泼满全世界看看都是哪儿有小说。中了魔了，那时我完全是为了写作活着。结果你又发表了几篇，并且出了一点儿小名，可这

时你越来越感到恐慌。我忽然觉得自己活得像个人质,刚刚有点儿像个人了却又过了头,像个人质,被一个什么阴谋抓了来当人质,不定哪天被处决,不定哪天就完蛋。你担心要不了多久你就会文思枯竭,那样你就又完了。凭什么我总能写出小说来呢?凭什么那些适合做小说的生活素材就总能送到一个截瘫者跟前来呢?人家满世界跑都有枯竭的危险,而我坐在这园子里凭什么可以一篇接一篇地写呢?你又想到死了。我想见好就收吧。当一名人质实在是太累了太紧张了,太朝不保夕了。我为写作而活下来,要是写作到底不是我应该干的事,我想我再活下去是不是太冒傻气了?你这么想着你却还在绞尽脑汁地想写。我好歹又拧出点儿水来,从一条快要晒干的毛巾上。恐慌日甚一日,随时可能完蛋的感觉比完蛋本身可怕多了,所谓不怕贼偷就怕贼惦记,我想人不如死了好,不如不出生的好,不如压根儿没有这个世界的好。可你并没有去死。我又想到那是一件不必着急的事。可是不必着急的事并不证明是一件必要拖延的事呀?你总是决定活下来,这说明什么?是的,我还是想活。人为什么活着?因为人想活着,说到底是这么回事,人真正的名字叫做欲望。可我不怕死,有时候我真的不怕死。有时候——说对了。不怕死和想去死是两回事,有时候不怕死的人是有的,一生下来就不怕死的人是没有的。我有时候倒是怕活。

第一章 生命以痛吻我，我却报之以歌

可是怕活不等于不想活呀！可我为什么还想活呢？因为你还想得到点儿什么，你觉得你还是可以得到点儿什么的，比如说爱情，比如说价值感之类，人真正的名字叫欲望。这不对吗？我不该得到点儿什么吗？没说不该。可我为什么活得恐慌，就像个人质？后来你明白了，你明白你错了，活着不是为了写作，而写作是为了活着。你明白了这一点是在一个挺滑稽的时刻。那天你又说你不如死了好，你的一个朋友劝你：你不能死，你还得写呢，还有好多好作品等着你去写呢。这时候你忽然明白了，你说：只是因为我活着，我才不得不写作。或者说只是因为你还想活下去，你才不得不写作。是的，这样说过之后我竟然不那么恐慌了。就像你看穿了死之后所得的那份轻松？一个人质报复一场阴谋的最有效的办法是把自己杀死。我看出我得先把我杀死在市场上，那样我就不用参加抢购题材的风潮了。你还写吗？还写。你真的不得不写吗？人都忍不住要为生存找一些牢靠的理由。你不担心你会枯竭了？我不知道，不过我想，活着的问题在死前是完不了的。

这下好了，您不再恐慌了不再是个人质了，您自由了。算了吧你，我怎么可能自由呢？别忘了人真正的名字是欲望。所以您得知道，消灭恐慌的最有效的办法就是消灭欲望。可是我还知道，消灭人性的最有效的办法也是消灭欲望。那么，是消

灭欲望同时也消灭恐慌呢？还是保留欲望同时也保留人生？

我在这园子里坐着，我听见园神告诉我：每一个有激情的演员都难免是一个人质。每一个懂得欣赏的观众都巧妙地粉碎了一场阴谋。每一个乏味的演员都是因为他老以为这戏剧与自己无关。每一个倒霉的观众都是因为他总是坐得离舞台太近了。

我在这园子里坐着，园神成年累月地对我说：孩子，这不是别的，这是你的罪孽和福祉。

要是有些事我没说，地坛，你别以为是我忘了，我什么也没忘，但是有些事只适合收藏。不能说，也不能想，却又不能忘。它们不能变成语言，它们无法变成语言，一旦变成语言就不再是它们了。它们是一片朦胧的温馨与寂寥，是一片成熟的希望与绝望，它们的领地只有两处：心与坟墓。比如说邮票，有些是用于寄信的，有些仅仅是为了收藏。

如今我摇着车在这园子里慢慢走，常常有一种感觉，觉得我一个人跑出来已经玩得太久了。有一天我整理我的旧相册，看见一张十几年前我在这园子里照的照片——那个年轻人坐在轮椅上，背后是一棵老柏树，再远处就是那座古祭坛。我便到园子里去找那棵树。我按着照片上的背景找很快就找到了它，按着照片上它枝干的形状找，肯定那就是它。但是它已经死了，而且在它身上缠绕着一条碗口粗的藤萝。有一天我在这园子里碰见一个老太太,她说:"哟,你还在这儿哪?"她问我:"你母亲还好吗?""您是谁?""你不记得我,我可记得你。有一回你母亲来这儿找你,她问我您看没看见一个摇轮椅的孩子?……"我忽然觉得,我一个人跑到这世界上来玩真是玩得太久了。有一天夜晚,我独自坐在祭坛边的路灯下看书,忽然从那漆黑的祭坛里传出一阵阵唢呐声;四周都是参天古树,方形祭坛占地几百平方米空旷坦荡独对苍天,我看不见那个吹唢呐的人,唯唢呐声在星光寥寥的夜空里低吟高唱,时而悲怆时而欢快,时而缠绵时而苍凉,或许这几个词都不足以形容它,我清清醒醒地听出它响在过去,响在现在,响在未来,回旋飘转亘古不散。

必有一天,我会听见喊我回去。

那时您可以想象一个孩子,他玩累了可他还没玩够呢,心里好些新奇的念头甚至等不及到明天。也可以想象是一个老人,无可置疑地走向他的安息地,走得任劳任怨。还可以想象一对热恋中的情人,互相一次次说"我一刻也不想离开你",又互相一次次说"时间已经不早了",时间不早了可我一刻也不想离开你,一刻也不想离开你可时间毕竟是不早了。

我说不好我想不想回去。我说不好是想还是不想,还是无所谓。我说不好我是像那个孩子,还是像那个老人,还是像一个热恋中的情人。很可能是这样:我同时是他们三个。我来的时候是个孩子,他有那么多孩子气的念头所以才哭着喊着闹着要来,他一来一见到这个世界便立刻成了不要命的情人,而对一个情人来说,不管多么漫长的时光也是稍纵即逝,那时他便明白,每一步每一步,其实一步步都是走在回去的路上。当牵牛花初开的时节,葬礼的号角就已吹响。

但是太阳,它每时每刻都是夕阳也都是旭日。当它熄灭着走下山去收尽苍凉残照之际,正是它在另一面燃烧着爬上山巅布散烈烈朝晖之时。那一天,我也将沉静着走下山去,扶着我的拐杖。有一天,在某一处山洼里,势必会跑上来一个欢蹦的孩子,抱着他的玩具。

当然,那不是我。

但是,那不是我吗?

宇宙以其不息的欲望将一个歌舞炼为永恒。这欲望有怎样一个人间的姓名,大可忽略不计。

老海棠树   /史铁生

如果可能,如果有一块空地,不论窗前屋后,要是能随我的心愿种点什么,我就种两棵树。一棵合欢,纪念母亲。一棵海棠,纪念我的奶奶。

奶奶,和一棵老海棠树,在我的记忆里不能分开;好像她们从来就在一起,奶奶一生一世都在那棵老海棠树的影子里张望。

老海棠树近房高的地方,有两条粗壮的枝丫,弯曲如一把躺椅,小时候我常爬上去,一天一天地就在那儿玩。奶奶在树下喊:"下来,下来吧,你就这么一天到晚待在上头不下来了?"是的,我在那儿看小人书,用弹弓向四处射击,甚至在那儿写作业,书包挂在房檐上。"饭也在上头吃吗?"对,在上头吃。奶奶把盛好的饭菜举过头顶,我两腿攀紧树丫,一个海底捞月把碗筷接上来。"觉呢,也在上头睡?"没错。四周是花香,是蜂鸣，春风拂面，是沾衣不染海棠的花雨。奶奶站在地上，站在屋前，老海棠树下，望着我；她必是羡慕，猜我在上头是什么感觉，都能看见什么？

但她只是望着我吗？她常独自呆愣，目光渐渐迷茫，渐渐空荒，透过老海棠树浓密的枝叶，不知所望。

春天，老海棠树摇动满树繁花，摇落一地雪似的花瓣。我记得奶奶坐在树下糊纸袋，不时地冲我叨唠："就不说下来帮帮我？你那小手儿糊得多快！"我在树上东一句西一句地唱歌。奶奶又说："我求过你吗？这回活儿紧！"我说："我爸我妈根本就不想让您糊那破玩意儿，是您自己非要这么累！"奶奶于是不再吭声，直起腰，喘口气，这当儿就又呆呆地张望——从粉白的花间，一直到无限的天空。

或者夏天，老海棠树枝繁叶茂，奶奶坐在树下的浓荫里，又不知从哪儿找来了补花的活儿，戴着老花镜，埋头于床单或被罩，一针一线地缝。天色暗下来时她冲我喊："你就不能劳驾去洗洗菜？没见我忙不过来吗？"我跳下树，洗菜，胡乱一洗了事。奶奶生气了："你们上班上学，就是这么糊弄？"奶奶把手里的活儿推开，一边重新洗菜一边说："我就一辈子得给你们做饭？就不能有我自己的工作？"这回是我不再吭声。奶奶洗好菜，重新捡起针线，从老花镜上缘抬起目光，又会有一阵子愣

第一章　生命以痛吻我，我却报之以歌

愣地张望。

有年秋天，老海棠树照旧果实累累，落叶纷纷。早晨，天还昏暗，奶奶就起来去扫院子，"刷啦——刷啦——"，院子里的人都还在梦中。那时我大些了，正在插队，从陕北回来看她。那时奶奶一个人在北京，爸和妈都去了干校。那时奶奶已经腰弯背驼。"刷啦刷啦"的声音把我惊醒，赶紧跑出去："您歇着吧我来，保证用不了三分钟。"可这回奶奶不要我帮。"咳，你呀！你还不懂吗？我得劳动。"我说："可谁能看得见？"奶奶说："不能那样，人家看不看得见是人家的事，我得自觉。"她扫完了院子又去扫街。"我跟您一块儿扫行不？""不行。"

这样我才明白，曾经她为什么执意要糊纸袋，要补花，不让自己闲着。有爸和妈养活她，她不是为挣钱，她为的是劳动。她的成分随了爷爷算地主。虽然我那个地主爷爷三十几岁就一命归天，是奶奶自己带着三个儿子苦熬过几十年，但人家说什么？人家说："可你还是吃了那么多年的剥削饭！"这话让她无地自容。这话让她独自愁叹。这话让她几十年的苦熬忽然间变成屈辱。她要补偿这罪孽。她要用行动证明。证明什么呢？她想着她未必不能有一天自食其力。奶奶的心思我有点懂了：什么时候她才能像爸和妈那样，有一份名正言顺的工作呢？大概这就是她的张望吧，就是那老海棠树下屡屡的迷茫与空荒。不

过，这张望或许还要更远大些——她说过：得跟上时代。

所以冬天，所有的冬天，在我的记忆里，几乎每一个冬天的晚上，奶奶都在灯下学习。窗外，风中，老海棠树枯干的枝条敲打着屋檐，摩擦着窗棂。奶奶曾经读一本《扫盲识字课本》，再后是一字一句地念报纸上的头版新闻。在《奶奶的星星》里我写过：她学《国歌》一课时，把"吼声"念成"孔声"。我写过我最不能原谅自己的一件事，奶奶举着一张报纸，小心地凑到我跟前："这一段，你给我说说，到底什么意思？"我看也不看地就回答："您学那玩意儿有用吗？您以为把那些东西看懂，您就真能摘掉什么帽子？"奶奶立刻不语，唯低头盯着那张报纸，半天半天目光都不移动。我的心一下子收紧，但知已无法弥补。"奶奶。""奶奶！""奶奶——"我记得她终于抬起头时，眼里竟全是惭愧，毫无对我的责备。

但在我的印象里，奶奶的目光慢慢地离开那张报纸，离开灯光，离开我，在窗上老海棠树的影子那儿停留一下，继续离开，离开一切声响甚至一切有形，飘进黑夜，飘过星光，飘向无可慰藉的迷茫与空荒……而在我的梦里，我的祈祷中，老海棠树也便随之轰然飘去，跟随着奶奶，陪伴着她，围拢着她；奶奶坐在满树的繁花中，满地的浓荫里，张望复张望，或不断地要我给她说说："这一段到底是什么意思？"——这形象，逐年地定格成我的思念和我永生的痛悔。

祖父死了的时候　　/ 萧红

祖父总是有点变样子,他喜欢流起眼泪来,同时过去很重要的事情他也忘掉。比方过去那一些他常讲的故事,现在讲起来,讲了一半下一半他就说:"我记不得了。"

某夜,他又病了一次,经过这一次病,他竟说:"给你三姑写信,叫她来一趟,我不是四五年没看过她吗?"他叫我写信给我已经死去五年的姑母。

那次离家是很痛苦的。学校来了开学通知信,祖父又一天一天地变样起来。

祖父睡着的时候,我就躺在他的旁边哭,好像祖父已经离开我死去似的,一面哭着一面抬头看他凹陷的嘴唇。我若死掉祖父,就死掉我一生最重要的一个人,好像他死了就把人间一切"爱"和"温暖"带得空空虚虚。我的心被丝线扎住或铁丝绞住了。

我联想到母亲死的时候。母亲死以后，父亲怎样打我，又娶一个新母亲来。这个母亲很客气，不打我，就是骂，也是指着桌子或椅子来骂我。客气是越客气了，但是冷淡了，疏远了，生人一样。

"到院子去玩玩吧！"祖父说了这话之后，在我的头上撞了一下，"喂！你看这是什么？"一个黄金色的橘子落到我的手中。

夜间不敢到茅厕去，我说："妈妈同我到茅厕去趟吧。"

"我不去！"

"那我害怕呀！"

"怕什么？"

"怕什么？怕鬼怕神？"父亲也说话了，把眼睛从眼镜上面看着我。

冬天，祖父已经睡下，赤着脚，开着纽扣跟我到外面茅厕去。

学校开学，我迟到了四天。三月里，我又回家一次，正在外面叫门，里面小弟弟嚷着："姐姐回来了！姐姐回来了！"大门开时，我就远远注意着祖父住着的那间房子。果然祖父的面孔和胡子闪现在玻璃窗里。我跳着笑着跑进屋去。但不是高兴，只是心酸，祖父的脸色更惨淡更白了。等屋子里一个人没有时，他流着泪，他慌慌忙忙地一边用袖口擦着眼泪，一边抖动着嘴

第一章　生命以痛吻我，我却报之以歌

唇说："爷爷不行了，不知早晚……前些日子好险没跌……跌死。"

"怎么跌的？"

"就是在后屋，我想去解手，招呼人，也听不见，按电铃也没有人来，就得爬啦。还没到后门口，腿颤，心跳，眼前发花了一阵就倒下去。没跌断了腰……人老了，有什么用处！爷爷是八十一岁呢。"

"爷爷是八十一岁。"

"没用了，活了八十一岁还是在地上爬呢！我想你看不着爷爷了，谁知没有跌死，我又慢慢爬到炕上。"

我走的那天也是和我回来那天一样，白色的脸的轮廓闪现在玻璃窗里。

在院心我回头看着祖父的面孔，走到大门口，在大门口我仍可看见，出了大门，就被门扇遮断。

从这一次祖父就与我永远隔绝了。虽然那次和祖父告别，并没说出一个永别的字。我回来看祖父，这回门前吹着喇叭，幡杆挑得比房头更高，马车离家很远的时候，我已看到高高的白色幡杆了，吹鼓手们的喇叭苍凉地在悲号。马车停在喇叭声中，大门前的白幡、白对联、院心的灵棚、闹嚷嚷许多人，吹鼓手们响起呜呜的哀号。

这回祖父不坐在玻璃窗里，是睡在堂屋的板床上，没有灵魂地躺在那里。我要看一看他白色的胡子，可是怎样看呢！拿开他脸上蒙着的纸吧，胡子、眼睛和嘴，都不会动了，他真的一点感觉也没有了？我从祖父的袖管里去摸他的手，手也没有感觉了。祖父这回真死去了啊！

祖父装进棺材去的那天早晨，正是后园里玫瑰花开放满树的时候。我扯着祖父的一张被角，抬向灵前去。吹鼓手在灵前吹着大喇叭。

我怕起来，我号叫起来。

"咣咣！"黑色的，半尺厚的灵柩盖子压上去。

吃饭的时候，我饮了酒，用祖父的酒杯饮的。饭后我跑到后园玫瑰树下去卧倒，园中飞着蜂子和蝴蝶，绿草的清凉的气味，这都和十年前一样。可是十年前死了妈妈。妈妈死后我仍是在园中扑蝴蝶；这回祖父死去，我却饮了酒。

过去的十年我是和父亲打斗着生活。在这期间我觉得人是残酷的东西。父亲对我是没有好面孔的，对于仆人也是没有好面孔的，他对于祖父也是没有好面孔的。因为仆人是穷人，祖父是老人，我是个小孩子，所以我们这些完全没有保障的人就落到他的手里。后来我看到新娶来的母亲也落到他的手里，他喜欢她的时候，便同她说笑，他恼怒时便骂她，母亲渐渐也怕起父亲来。

母亲也不是穷人,也不是老人,也不是孩子,怎么也怕起父亲来呢?我到邻家去看看,邻家的女人也是怕男人。我到舅家去,舅母也是怕舅父。

我懂得的尽是些偏僻的人生,我想世间死了祖父,就没有再同情我的人了,世间死了祖父,剩下的尽是些凶残的人了。

我饮了酒,回想,幻想……

以后我必须不要家,到广大的人群中去,但我在玫瑰树下颤怵了,人群中没有我的祖父。

所以我哭着,整个祖父死的时候我哭着。

生机　　/汪曾祺

芋头

一九四六年夏天,我离开昆明,去上海,途经香港,因为等船期,滞留了几天,住在一家华侨公寓的楼上。这是一家下等公寓,已经很敝旧了,墙壁多半没有粉刷过。住客是开机帆船的水手,跑澳门做鱿鱼、蚝油生意的小商人,准备到南洋开饭馆的厨师,还有一些说不清是什么身份的角色。这里吃住都是很便宜的。住,很简单,有一条席子,随便哪里都能躺一夜。每天两顿饭,米很白。菜是一碟炒通菜,一碟在开水里焯过的墨斗鱼脚,还顿顿如此。墨斗鱼脚,我倒爱吃,因为这是海味。——我在昆明七年,很少吃到海味。只是心情很不好。我到上海,想去谋一个职业,一点着落也没有,真是前途渺茫。带来的钱,买了船票,已经所剩无几。在这里又是举目无亲,连一个可以说说话的人都没有。我整天无所事事,除了到皇后道、德铺道去瞎逛,就是踅到走廊上去看水手、小商人、厨师打麻将。真是无聊呀。

我忽然发现了一个奇迹,一棵芋头!楼上的一侧,一个很大的阳台,阳台上堆着一堆煤块,煤块里竟然长出一棵芋头!大概不知是谁把一个不中吃的芋头随手扔在煤堆里,它竟然活了。没有土壤,更没有肥料,仅仅靠了一点雨水,它,长出了几片碧绿肥厚的大叶子,在微风里高高兴兴地摇曳着。在寂寞的羁旅之中看到这几片绿叶,我心里真是说不出的喜欢。

这几片绿叶使我欣慰,并且,并不夸张地说,使我获得一点生活的勇气。

豆芽

秦老九去点豆子。所有的田埂都点到了。——豆子一般都点在田埂的两侧,叫做"豆埂",很少占用好地的。豆子不需要精心管理,任其自由生长。谚云:"懒媳妇种豆。"还剩下一把。秦老九懒得把这豆子带回去。就掀开路旁一块石头,把豆子撒到石头下面,说了一声:"去你妈的。"又把石头放下了。

过了一阵,过了谷雨,立夏了,秦老九到田头去干活,路过这块石头,他的眼睛瞪得像铃铛:石头升高了!他趴下来看看!豆子发了芽,一群豆芽把石头顶起来了。

"咦!"

刹那之间,秦老九成了一个哲学家。

长进树皮里的铁蒺藜

玉渊潭当中有一条南北的长堤,把玉渊潭隔成了东湖和西湖。堤中间有一水闸,东西两湖之水可通。东湖挨近钓鱼台。"四人帮"横行时期,沿东湖岸边拦了铁丝网。附近的老居民把铁丝网叫做铁蒺藜。铁丝网就缠在湖边的柳树干上,绕一个圈,用钉子钉死。东湖被圈禁起来了。湖里长满了水草,有成群的野鸭凫游,没有人。湖中的堤上还可以通过,也可以散散步,但是最好不要停留太久,更不能拍照。我的孩子有一次带了一个照相机,举起来对着钓鱼台方向比了比,马上走过来一个解放军,很严肃地说:"不许拍照!"行人从堤上过,总不禁要向钓鱼台看两眼,心里想:那里头现在在干什么呢?

"四人帮"粉碎后,铁丝网拆掉了。东湖解放了。岸上有人散步、遛鸟,湖里有了游船,还有人划着轮胎内带扎成的筏子撒网捕鱼,有人弹吉他、吹口琴、唱歌。住在附近的老人每天在固定的地方聚会闲谈。他们谈柴米油盐、男婚女嫁、玉渊潭的变迁……

但是铁蒺藜并没有拆净。有一棵柳树上还留着一圈。铁蒺藜勒得紧，柳树长大了，把铁蒺藜长进树皮里去了。兜着铁蒺藜的树皮愈合了，鼓出了一圈，外面还露着一截铁的毛刺。

有人问："这棵树怎么啦？"

一个老人说："铁蒺藜勒的！"

这棵柳树将带着一圈长进树皮里的铁蒺藜继续往上长，长得很大，很高。

一个人在途上 /郁达夫

在东车站的长廊下和女人分开以后,自家又剩了孤零丁的一个。频年飘泊惯的两口儿,这一回的离散,倒也算不得什么特别,可是端午节那天,龙儿刚死,到这时候北京城里虽已起了秋风,但是计算起来,去儿子的死期,究竟还只有一百来天。在车座里,稍稍把意识恢复转来的时候,自家就想起了卢骚①晚年的作品《孤独散步者的梦想》的头上的几句话:

自家除了己身以外,已经没有弟兄,没有邻人,没有朋友,没有社会了。自家在这世上,像这样的,已经成了一个孤独者了……

---

① 现一般译为卢梭。——编者注

第一章　生命以痛吻我，我却报之以歌

然而当年的卢骚还有弃养在孤儿院内的五个儿子，而我自己哩，连一个抚育到五岁的儿子都还抓不住！

离家的远别，本来也只为想养活妻儿。去年在某大学的被逐，是万料不到的事情。其后兵乱迭起，交通阻绝，当寒冬的十月，会病倒在沪上，也是谁也料想不到的。今年二月，好容易到得南方，静息了一年之半，谁知这刚养得出趣的龙儿又会遭此凶疾呢？

龙儿的病根，本是在广州得着，匆促北航，到了上海，接连接了几个北京来的电报。换船到天津，已经是旧历的五月初十。到家之夜，一见了门上的白纸条儿，心里已经跳得忙乱，从苍茫的暮色里赶到哥哥家中，见了衰病的她，因为在大众之前，勉强将感情压住。草草吃了夜饭，上床就寝，把电灯一灭，两人只有紧抱的痛哭，痛哭，痛哭，只是痛哭，气也换不过来，更哪里有说一句话的余裕？

受苦的时间，的确脱煞过去的太悠徐，今年的夏季，只是悲叹的连续。晚上上床，两口儿，哪敢提一句话？可怜这两个迷散的灵心，在电灯灭黑的黝暗里，所摸走的荒路，每会凑集在一条线上，这路的交叉点里，只有一块小小的墓碑，墓碑上只有"龙儿之墓"的四个红字。

妻儿因为在浙江老家内不能和母亲同住，不得已而搬往北

京当时我在寄食的哥哥家去，是去年的四月中旬。那时候龙儿正长得肥满可爱，一举一动，处处教人欢喜。到了五月初，从某地回京，觉得哥哥家太狭小，就在什刹海的北岸，租定了一间渺小的住宅。夫妻两个日日和龙儿伴乐，闲时也常在北海的荷花深处，及门前的杨柳荫中带龙儿去走走。这一年的暑假，总算过得最快乐、最闲适。

秋风吹叶落的时候，别了龙儿和女人，再上某地大学去为朋友帮忙，当时他们俩还往西车站去送我来哩！这是去年秋晚的事情，想起来还同昨日的情形一样。

过了一月，某地的学校里发生事情，又回京了一次，在什刹海小住了两星期，本来打算不再出京了，然碍于朋友的面子，又不得不于一天寒风刺骨的黄昏，上西车站去乘车。这时候因为怕龙儿要哭，自己和女人，吃过晚饭，便只说要往哥哥家里去，只许他送我们到门口。记得那一天晚上他一个人和老妈子立在门口，等我们俩去了好远，还"爸爸！爸爸！"地叫了好几声。啊啊，这几声的呼唤，是我在这世上听到的他叫我的最后的声音！

出京之后，到某地住了一宵，就匆促逃往上海。接续便染了病，遇了强盗辈的争夺政权，其后赴南方暂住，一直到今年的五月，才返北京。

第一章　生命以痛吻我，我却报之以歌

想起来，龙儿实在是一个填债的儿子，是当乱离困厄的这几年中间，特来安慰我和他娘的愁闷的使者！

自从他在安庆生落以来，我自己没有一天脱离过苦闷，没有一处安住到五个月以上。我的女人，也和我分担着十字架的重负，只是东西南北的奔波飘泊。然当日夜难安，悲苦得不了的时候，只教他的笑脸一开，女人和我，就可以把一切穷愁，丢在脑后。而今年五月初十待我赶到北京的时候，他的尸体，早已在妙光阁的广谊园地下躺着了。

他的病，说是脑膜炎。自从得病之日起，一直到旧历端午节的午时绝命的时候止，中间经过有一个多月的光景。平时被我们宠坏了的他，听说此番病里，却乖顺得非常。叫他吃药，他就大口地吃，叫他用冰枕，他就很柔顺地躺上。病后还能说话的时候，只问他的娘："爸爸几时回来？""爸爸在上海为我定做的小皮鞋，已经做好了没有？"我的女人，于惑乱之余，每幽幽地问他："龙！你晓得你这一场病，会不会死的？"他老是很不愿意的回答说："哪儿会死的哩？"据女人含泪的告诉我说，他的谈吐，绝不似一个五岁的小儿。

未病之前一个月的时候，有一天午后他在门口玩耍，看见西面来了一乘马车，马车里坐着一个戴灰白帽子的青年。他远远看见，就急忙丢下了伴侣，跑进屋里去叫他娘出来，说："爸

爸回来了，爸爸回来了！"因为我去年离京时所戴的，是一样的一顶白灰呢帽。他娘跟他出来到门前，马车已经过去了，他就死劲的拉住了他娘，哭喊着说："爸爸怎么不家来吓？爸爸怎么不家来吓？"他娘说慰了半天，他还尽是哭着，这也是他娘含泪和我说的。现在回想起来，自己实在不该抛弃了他们，一个人在外面流荡，致使他那小小的灵心，常有这望远思亲之痛。

去年六月，搬往什刹海之后，有一次我们在堤上散步，因为他看见了人家的汽车，硬是哭着要坐，被我痛打了一顿。又有一次，也是因为要穿洋服，受了我的毒打。这实在只能怪我做父亲的没有能力，不能做洋服给他穿，雇汽车给他坐。早知他要这样的早死，我就是典当抢劫，也应该去弄一点钱来，满足他的无邪的欲望。到现在追想起来，实在觉得对他不起，实在是我太无容人之量了。

我女人说，濒死的前五天，在病院里，他连叫了几夜的爸爸！她问他："叫爸爸干什么？"他又不响了，停一会儿，就又再叫起来。到了旧历五月初三日，他已入了昏迷状态，医师替他抽骨髓，他只会直叫一声："干吗？"喉头的气管，咯咯在抽咽，眼睛只往上吊送，口头流些白沫，然而一口气总不肯断。他娘哭叫几声："龙！龙！"他的眼角上，就会迸流些眼泪出来，后来他娘看他苦得难过，倒对他说：

第一章 生命以痛吻我,我却报之以歌

"龙!你若是没有命的,就好好的去吧!你是不是想等爸爸回来?就是你爸爸回来,也不过是这样的替你医治罢了。龙!你有什么不了的心愿呢?龙!与其这样的抽咽受苦,你还不如快快的去吧!"

他听了这一段话,眼角上的眼泪,更是涌流得厉害。到了旧历端午节的午时,他竟等不着我的回来,终于断气了。

丧葬之后,女人搬往哥哥家里,暂住了几天。我于五月十日晚上,下车赶到什刹海的寓宅,打门打了半天,没有应声,后来抬头一看,才见了一张告示邮差送信的白纸条。

自从龙儿生病以后,连日连夜看护久已倦了的她,又哪里经得起最后的这一个打击?自己当到京之夜,见了她的衰容,见了她的泪眼,又哪里能够不痛哭呢?

在哥哥家里小住了两三天,我因为想追求龙儿生前的遗迹,一定要女人和我仍复搬回什刹海的住宅去住它一两个月。

搬回去那天,一进上屋的门,就见了一张被他玩破的今年正月里的花灯。听说这张花灯,是南城大姨妈送他的,因为他自家烧破了一个窟窿,他还哭过好几次来的。

其次,便是上房里砖上的几堆烧纸钱的痕迹!当他下殓时烧给他的。

院子里有一架葡萄,两棵枣树,去年采取葡萄枣子的时候,

他站在树下，兜起了大褂，仰头在看树上的我。我摘取一颗，丢入了他的大褂兜里，他的哄笑声，要继续到三五分钟。今年这两棵枣树，结满了青青的枣子，风起的半夜里，老有熟极的枣子辞枝自落。女人和我，睡在床上，有时候且哭且谈，总要到更深人静，方能入睡。在这样的幽幽的谈话中间，最怕听的，就是这滴答的坠枣之声。

到京的第二日，和女人去看他的坟墓。先在一家南纸铺里买了许多冥府的钞票，预备去烧送给他。直到到了妙光阁的广谊园茔地门前，她方从呜咽里清醒过来，说："这是钞票，他一个小孩如何用得呢？"就又回车转来，到琉璃厂去买了些有孔的纸钱。她在坟前哭了一阵，把纸钱钞票烧化的时候，却叫着说：

"龙！这一堆是钞票，你收在那里，待长大了的时候再用，要买什么，你先拿这一堆钱去用吧！"

这一天在他的坟上坐着，我们直到午后七点，太阳平西的时候，才回家来。临走的时候，他娘还哭叫着说：

"龙！龙！你一个人在这里不怕冷静的么？龙！龙！人家若来欺你，你晚上来告诉娘吧！你怎么不想回来了呢？你怎么梦也不来托一个呢？"

箱子里，还有许多散放着的他的小衣服。今年北京的天气，到七月中旬，已经是很冷了。当微凉的早晚，我们俩都想换上

第一章　生命以痛吻我，我却报之以歌

几件夹衣，然而因为怕见到他旧时的夹衣袍袜，我们俩却尽是一天一天的挨着，谁也不说出口来，说"要换上件夹衫"。

有一次和女人在那里睡午觉，她骤然从床上坐了起来，鞋也不穿，光着袜子，跑上了上房起坐室里，并且更掀帘跑上外面院子里去。我也莫名其妙跟着她跑到外面的时候，只见她在那里四面找寻什么，找寻不着，呆立了一会，她忽然放声哭了起来，并且抱住了我急急地追问说："你听不听见？你听不听见？"哭完之后，她才告诉我说，在半醒半睡的中间，她听见"娘！娘！"的叫了两声，的确是龙的声音，她很坚定的说："的确是龙回来了。"

北京的朋友亲戚，为安慰我们起见，今年夏天常请我们俩去吃饭听戏，她老不愿意和我同去，因为去年的六月，我们无论上哪里去玩，龙儿是常和我们在一处的。

今年的一个暑假，就是这样的，在悲叹和幻梦的中间消逝了。

这一回南方来催我就道的信，过于匆促，出发之前，我觉得还有一件大事情没有做了。

中秋节前新搬了家，为修理房屋，部署杂事，就忙了一个星期。出发之前，又因了种种琐事，不能抽出空来，再上龙儿的墓地里去探望一回。女人上东车站来送我上车的时候，我心

里尽酸一阵痛一阵地在回念这一件恨事。有好几次想和她说出来,教她于两三日后再往妙光阁去探望一趟,但见了她的憔悴尽的颜色,和苦忍住的凄楚,又终于一句话也没有讲成。

现在去北京远了,去龙儿更远了,自家只一个人,只是孤零丁的一个人,在这里继续此生中大约是完不了的飘泊。

一封信 /朱自清

在北京住了两年多了,一切平平常常地过去。要说福气,这也是福气了。因为平平常常,正像"糊涂"一样"难得",特别是在"这年头"。但不知怎的,总不时想着在那儿过了五六年转徙无常的生活的南方。转徙无常,诚然算不得好日子;但要说到人生味,怕倒比平平常常时候容易深切地感着。现在终日看见一样的脸板板的天,灰蓬蓬的地;大柳高槐,只是大柳高槐而已。于是木木然,心上什么也没有;有的只是自己,自己的家。我想着我的渺小,有些战栗起来;清福究竟也不容易享的。

这几天似乎有些异样。像一叶扁舟在无边的大海上,像一个猎人在无尽的森林里。走路,说话,都要费很大的力气;还不能如意。心里是一团乱麻,也可说是一团火。似乎在挣扎着,要明白些什么,但似乎什么也没有明白。"一部《十七史》,从何处说起，"正可借来作近日的我的注脚。昨天忽然有人提起《我的南方》的诗。这是两年前初到北京，在一个村店里，喝了两杯"莲花白"以后，信笔涂出来的。于今想起那情景，似乎有些渺茫；至于诗中所说的，那更是遥遥乎远哉了，但是事情是这样凑巧：今天吃了午饭，偶然抽一本旧杂志来消遣，却翻着了三年前给S的一封信。信里说着台州，在上海，杭州，宁波之南的台州。这真是"我的南方"了。我正苦于想不出，这却指引我一条路，虽然只是"一条"路而已。

我不忘记台州的山水，台州的紫藤花，台州的春日，我也不能忘记S。他从前欢喜喝酒，欢喜骂人，但他是个有天真的人。他待朋友真不错。L从湖南到宁波去找他，不名一文；他陪他（L）喝了半年酒才分手。他去年结了婚。为结婚的事烦恼了几个整年的他，这算是叶落归根了；但他也与我一样，已快上那"中年"的线了吧。结婚后我们见过一次，匆匆的一次。我想，他也和一切人一样，结了婚终于是结了婚的样子了吧。但我老只是记着他那喝醉了酒，很妩媚地骂人的意态；这在他或已懊悔着了。

南方这一年的变动，是人的意想所赶不上的。我起初还知道他的踪迹；这半年是什么也不知道了。他到底是怎样地过着这狂风似的日子呢？我所沉吟的正在此。我说过大海，他正是大海上的一个小浪；我说过森林，他正是森林里的一只小鸟。恕我，恕我，我向哪里去找你？

这封信曾印在台州师范学校的《绿丝》上。我现在重印在这里；这是我眼前一个很好的自慰的法子。

[九月二十七日记]

S兄：

....

我对于台州，永远不能忘记！我第一日到六师校时，系由埠头坐了轿子去的。轿子走的都是僻路；使我诧异，为什么堂堂一个府城，竟会这样冷静！那时正是春天，而因天气的薄阴和道路的幽寂，使我宛然如入了秋之国土。约莫到了卖冲桥边，我看见那清绿的北固山，下面点缀着几带朴实的洋房子，心胸顿然开朗，仿佛微微的风拂过我的面孔似的。到了校里，登楼一望，见远山之上，都幂着白云。四面全无人声，也无人影；天上的鸟也无一只。只背后山上谡谡的松风略略可听而已。那时我真脱却人间烟火气而飘飘欲仙了！后来我虽然发现了那座楼实在太坏了：柱子如鸡骨，地板如鸡皮！但自然的宽大使我忘记了那房屋的狭窄。我于是曾好几次爬到北固山的顶上，去领略那飕飕的高风，看那低低的，小小的，绿绿的田亩。这是我最高兴的。

生命以痛吻我,我却报之以歌

　　来信说起紫藤花,我真爱那紫藤花!在那样朴陋——现在大概不那样朴陋了吧——的房子里,庭院中,竟有那样雄伟,那样繁华的紫藤花,真令我十二分惊诧!她的雄伟与繁华遮住了那朴陋,使人一对照,反觉朴陋倒是不可少似的,使人幻想"美好的昔日"!我也曾几度在花下徘徊:那时学生都上课去了,只剩我一人。暖和的晴日,鲜艳的花色,嗡嗡的蜜蜂,酝酿着一庭的春意。我自己如浮在茫茫的春之海里,不知怎么是好!那花真好看:苍老虬劲的枝干,这么粗这么粗的枝干,宛转腾挪而上;谁知她的纤指会那样嫩,那样艳丽呢?那花真好看:一缕缕垂垂的细丝,将她们悬在那皴裂的臂上,临风婀娜,真像嘻嘻哈哈的小姑娘,真像凝妆的少妇,像两颊又像双臂,像胭脂又像粉……我在他们下课的时候,又曾几度在楼头眺望:那丰姿更是撩人:云哟,霞哟,仙女哟!我离开台州以后,永远没见过那样好的紫藤花,我真惦记她,我真妒羡你们!

　　此外,南山殿望江楼上看浮桥(现在早已没有了),看憧憧的人在长长的桥上往来着;东湖水阁上,九折桥上看柳色和水光,看钓鱼的人;府后山沿路看田野,看天;南门外看梨花——再回到北固山,冬天在医院前看山上的雪,都是我喜欢的。说来可笑,我还记得我从前住过的旧仓头杨姓的房子里的一张画桌;那是一张红漆的,一丈光景长而狭的画桌,我放它在我楼上的窗前,在上面读书,和人谈话,过了

第一章　生命以痛吻我，我却报之以歌

我半年的生活。现在想已搁起来无人用了吧？唉！

台州一般的人真是和自然一样朴实；我一年里只见过三个上海装束的流氓！学生中我颇有记得的。前些时有位P君写信给我，我虽未有工夫作复，但心中很感谢！乘此机会请你为我转告一句。

我写的已多了；这些胡乱的话，不知可附载在《绿丝》的末尾，使它和我的旧友见见面么？

　　　　　　　　　　　　　　　　　　　　弟　自清
　　　　　　　　　　　　　　　　　一九二七年九月二十七日

第二章

身旁那么多人，可世界不声不响

我的父亲 /汪曾祺

我父亲行三。我的祖母有时叫他的小名"三子"。他是阴历九月初九重阳节那天生的,故名菊生(我父亲那一辈生字排行,大伯父名广生,二伯父名常生),字淡如。他作画时有时也题别号:亚痴、灌园生……他在南京读过旧制中学。所谓旧制中学大概是十年一贯制的学堂。我见过他在学堂时用过的教科书,英文是纳氏文法,代数几何是线装的有光纸印的,还有"修身"什么的。他为什么没有升学,我不知道。"旧制中学生"也算是功名。他的这个"功名"我在我的继母的"铭旌"上见过,写的是扁宋体的泥金字,所以记得。什么是"铭旌",看《红楼梦》贾府办秦可卿丧事那回就知道,我就不噜苏了。

我父亲年轻时是运动员。他在足球校队踢后卫。他是撑杆跳选手,曾在江苏全省运动会上拿过第一。他又是单杠选手。我还见过他在天王寺外边驻军所设置的单杠上表演过空中大回环两周,这在当时是少见的。他练过武术,腿上带过铁砂袋。练过拳,练过刀、枪。我见他施展过一次武功。我初中毕业后,他陪我到外地去投考高中。在小轮船上,一个初来的侦缉队以检查为名勒索乘客的钱财。我父亲一掌,把他打得一溜跟头,从船上退过跳板,一屁股坐在码头上。我父亲平常温文尔雅,我还没见过他动手打人,而且,真有两下子!我父亲会骑马。南京马场有一匹烈马,咬人,没人敢碰它,平常都用一截粗竹筒套住它的嘴。我父亲偷偷解开缰绳,一骗腿骑了上去。一趟马道子跑下来,这马老实了。父亲还会游泳,水性很好。这些,我都不知道他是什么时候学的。

从南京回来后,他玩过一个时期乐器。他到苏州去了一趟,买回来好些乐器,笙箫管笛、琵琶、月琴、拉秦腔的胡胡、扬琴,甚至还有大小唢呐,唢呐我从未见他吹过。这东西吵人,除了吹鼓手、戏班子,一般玩乐器人都不在家里吹。一把大唢呐,一把小唢呐(海笛)一直放在他的画室柜橱的抽屉里。我们孩子们有时翻出来玩。没有哨子,吹不响,只好把铜嘴含在嘴里,自己呜呜作声,不好玩!他的一支洞箫、一支笛子,都是少见的上品。洞箫箫管很细,外皮作殷红色,很有年头了。笛子不是缠丝涂了一节一节黑漆的,是整个笛管擦了荸荠紫漆的,比常见的笛子管粗。箫声幽远,笛声圆润。我这辈子吹过

第二章　身旁那么多人，可世界不声不响

的箫笛无出其右者。这两支箫笛不是从乐器店里买的，是花了大价钱从私人手里买的。他的琵琶是很好的，但是拿去和一个理发店里换了。他拿回理发店的那面琵琶又脏又旧、油里咕叽的。我问他为什么要换了这么一面脏琵琶回来，他说："这面琵琶声音好！"理发店用一面旧琵琶换了他的几乎是全新的琵琶，当然乐意。不论什么乐器，他听听别人演奏，看看指法，就能学会。他弹过一阵古琴，说：都说古琴很难，其实没有什么。我的一个远房舅舅，有一把一个法国神父送他的小提琴，我父亲跟他借回来，鼓揪鼓揪，几天工夫，就能拉出曲子来。据我父亲说：乐器里最难，最要工夫的，是胡琴。别看它只有两根弦，很简单，越是简单的东西越不好弄。他拉的胡琴我拉不了，弓子硬，马尾多，滴的松香很厚，松香拉出一道很窄的深槽，我一拉，马尾就跑到深槽的外面来了。父亲不在家的时候我有时使劲拉一小段，我父亲一看松香就知道我动过他的胡琴了。他后来不大摆弄别的乐器了，只有胡琴是一直拉着的。

摒挡丝竹以后，父亲大部分时间用于画画和刻图章。他画画并无真正的师承，只有几个画友。画友中过从较密的是铁桥，是一个和尚，善因寺的方丈。我写的小说《受戒》里的石桥，就是以他为原型的。铁桥曾在苏州邓尉山一个庙里住过，他作画有时下款题为"邓尉山僧"。我父亲第二次结婚，娶我的第一

个继母,新房里就挂了铁桥的一个条幅,泥金纸,上角画了几枝桃花,两只燕子,款题"淡如仁兄嘉礼 弟铁桥写贺"。在新房里挂一幅和尚的画,我的父亲可谓全无禁忌;这位和尚和俗人称兄道弟,也真是不拘礼法。我上小学的时候,就觉得他们有点"胡来"。这幅画的两边还配了我的一个舅舅写的一副虎皮宣的对子:"蝶欲试花犹护粉,莺初学啭尚羞簧。"我后来懂得对联的意思了,觉得实在很不像话!铁桥能画,也能写。他的字写石鼓,画法任伯年。根据我的印象,都是相当有功力的。我父亲和铁桥常来往,画风却没有怎么受他的影响。也画过一阵工笔花卉。我们那里的画家有一种理论,画画要从工笔入手,也许是有道理的。扬州有一位专画菊花的画家,这位画家画菊按朵论价,每朵大洋一元。父亲求他画了一套菊谱,二尺见方的大册页。我有个姑太爷,也是画画的,说:"像他那样的玩法,我们玩不起!"兴化有一位画家徐子兼,画猴子,也画工笔花卉。我父亲也请他画了一套册页。有一开画的是罂粟花,薄瓣透明,十分绚丽。一开是月季,题了两行字:"春水蜜波为花写照。""春水""蜜波"是月季的两个品种,我觉得这名字起得很美,一直不忘。我见过父亲画工笔菊花,原来花头的颜色不是一次敷染,要"加"几道。扬州有菊花名种"晓色",父亲说这种颜色最不好画。"晓色",很空灵,不好捉摸。他画成了,

第二章　身旁那么多人，可世界不声不响

我一看，是晓色！他后来改了画写意，用笔略似吴昌硕，照我看，我父亲的画是有功力的，但是"见"得少，没有行万里路，多识大家真迹，受了限制。他又不会做诗，题画多用前人陈句，故布局平稳，缺少创意。

父亲刻图章，初宗浙派，清秀规矩。他年轻时刻过一套《陋室铭》印谱，有几方刻得不错，但是过于着意，很拘谨。有"兰带""折钉"，都是"做"出来的。有一方"草色入帘青"是双钩，我小时觉得很好看，稍大，即觉得纤巧小气。《陋室铭》印谱只是他初学刻印的成绩。三十多岁后，渐渐豪放，以治汉印为主。他有一套端方的《匋斋印存》，经常放在案头。有时也刻浙派小印。我记得他给一个朋友张仲陶刻过一块青田冻石小长方印，文曰"中匋"，实在漂亮。"中匋"两字也很好安排。

刻印的人多喜藏石。父亲的石头是相当多的，他最心爱的是三块田黄。我在小说《岁寒三友》中写的靳彝甫的三块田黄，实际上写的是我父亲的三块图章。

他盖章用的印泥是自己做的。用的是"大劈砂"，这是朱砂里最贵重的。大劈砂深紫色的，片状，制成印泥，鲜红夺目。他说见过一些明朝画，纸色已经灰暗，而印色鲜明不变。大劈砂盖的图章可以"隐指"，即用手指摸摸，印文是鼓出的。他的画室的书橱里摆了一列装在玻璃瓶的大劈砂和陈年的蓖麻子油，

蓖麻是调印色用的。

我父亲手很巧,而且总是活得很有兴致。他会做各种玩意。元宵节,他用通草(我们家开药店,可以选出很大片的通草)为瓣,用画牡丹的西洋红(西洋红很贵,齐白石作画,有一个时期,如用西洋红,是要加价的)染出深浅,做成一盏荷花灯,点了蜡烛,比真花还美。他用蝉翼笺染成浅绿,以铁丝为骨,做了一盏纺织娘灯,下安细竹棍。我和姐姐提了,举着这两盏灯上街,到邻居家串门,好多人围着看。清明节前,他糊风筝。有一年糊了一只蜈蚣(我们那里叫"百脚"),是绢糊的。他用药店里称麝香用的小戥子约蜈蚣两边的鸡毛,——鸡毛必须一样重,否则上天就会打滚。他放这只蜈蚣不是用的一般线,是胡琴的老弦。我们那里用老弦放风筝的,家父实为第一人。(用老弦放风筝,风筝可以笔直地飞上去,没有"肚子"。)他带了几个孩子在傅公桥麦田里放风筝。这时麦子尚未"起身",是不怕踩的,越踩越旺。春服既成,惠风和畅,我父亲这个孩子头带着几个孩子,在碧绿的麦垄间奔跑呼叫,为乐如何?我想念我的父亲(我现在还常常梦见他),想念我的童年,虽然我现在是七十二岁,幡然一老了。夏天,他给我们糊养金铃子的盒子。他用钻石刀把玻璃裁成一小块一小块,再合拢,接缝处用皮纸糨糊固定,再加两道细蜡笺条,成了一只船、一座小亭子、一

第二章 身旁那么多人，可世界不声不响

个八角玲珑玻璃球，里面养着金铃子。隔着玻璃，可以看到金铃子在里面爬，吃切成小块的梨，张开翅膀"叫"。秋天，买来拉秧的小西瓜，把瓜瓤掏空，在瓜皮上镂刻出很细致的图案，做成几盏西瓜灯。西瓜灯里点了蜡烛，洒下一片绿光。父亲鼓捣半天，就为让孩子高兴一晚上。我的童年是很美的。

我母亲死后，父亲给她糊了几箱子衣裳，单夹皮棉，四时不缺。他不知从哪里搜罗来各种颜色，砑出各种花样的纸。听我的大姑妈说，他糊的皮衣跟真的一样，能分出滩羊、灰鼠。这些衣服我没看见过，但他用剩的色纸，我见过。我们用来折"手工"。有一种纸，银灰色，正像当时时兴的"慕本缎子"。

我父亲为人很随和，没架子。他时常周济穷人，参与一些有关公益的事情。因此在地方上人缘很好。民国二十年发大水，大街成了河。我每天看见他蹚着齐胸的水出去，手里横执了一根很粗的竹篙，穿一身直罗裯，他出去，主要是办赈济。我在小说《钓鱼的医生》里写王淡人有一次乘了船，在腰里系了铁链，让几个水性很好的船工也在腰里系了铁链，一头拴在王淡人的腰里，冒着生命危险，渡过激流，到一个被大水围困的孤村去为人治病。这写的实际是我父亲的事。不过他不是去为人治病，而是去送"华洋义赈会"发来的面饼（一种很厚的面饼，山东人叫"锅盔"）。这件事写进了地方上人送给我祖父的六十

寿序里，我记得很清楚。

父亲后来以为人医眼为职业。眼科是汪家祖传。我的祖父、大伯父都会看眼科。我不知道父亲懂眼科医道。我十九岁离开家乡，离乡之前，我没见过他给人看眼睛。去年回乡，我的妹婿给我看了一册父亲手抄的眼科医书，字很工整，是他年轻时抄的。那么，他是在眼科上下过工夫的。听说他的医术还挺不错。有一个邻居的孩子得了眼疾，双眼肿得像桃子，眼球红得像大红缎子。父亲看过，说不要紧。他叫孩子的父亲到阴城（一片乱葬坟场，很大，很野，据说韩世忠在这里打过仗）去捉两个大田螺来。父亲在田螺里倒进两管鹅翎眼药、两撮冰片，把田螺扣在孩子的眼睛上。过了一会田螺壳裂了。据那个孩子说，他睁开眼，看见天是绿的。孩子的眼好了，一生没有再犯过眼病。田螺治眼，我在任何医书上没看见过，也没听说过。这个"孩子"现在还在，已经五十几岁了，是个理发师傅。去年我回家乡，从他的理发店门前经过，那天，他又把我父亲给他治眼的经过，向我的妹婿详细地叙述了一次。这位理发师傅希望我给他的理发店写一块招牌。当时我很忙，没有来得及给他写。我会给他写的。一两天就写了托人带去。

我父亲配制过一次眼药。这个配方现在还在，但是没有人配得起，要几十种贵重的药，包括冰片、麝香、熊胆、珍

第二章　身旁那么多人，可世界不声不响

珠……珍珠要是人戴过的。父亲把祖母帽子上的几颗大珠子要了去。听我的第二个继母说，他制药极其虔诚，三天前就洗了澡（"斋戒沐浴"），一个人住在花园里，把三道门都关了，谁也不让去。

父亲很喜欢我。我母亲死后，他带着我睡。他说我半夜醒来就笑。那时我三岁（实年）。我到江阴去投考南菁中学，是他带着我去的。住在一个茶庄的栈房里，臭虫很多。他就点了一支蜡烛，见有臭虫，就用蜡烛油滴在它身上。第二天我醒来，看见席子上好多好多蜡烛油点子。我美美地睡了一夜，父亲一夜未睡。我在昆明时，他还在信封里用玻璃纸包了一小包"虾松"寄给我过。我父亲很会做菜，而且能别出心裁。我的祖父春天忽然想吃螃蟹。这时候哪里去找螃蟹？父亲就用瓜鱼（即水仙鱼），给他伪造了一盘螃蟹，据说吃起来跟真螃蟹一样。"虾松"是河虾剁成米大小粒，掺以小酱瓜丁，入温油炸透。我也吃过别人做的"虾松"，都比不上我父亲的手艺。

我很想念我的父亲。现在还常常做梦梦见他。我的那些梦本和他不相干，我梦里的那些事，他不可能在场，不知道怎么会搀和进来了。

我的母亲[1]   /胡适

我小时身体弱,不能跟着野蛮的孩子们一块儿玩。我母亲也不准我和他们乱跑乱跳。小时不曾养成活泼游戏的习惯,无论在什么地方,我总是文绉绉的。所以家乡老辈都说我"像个先生样子",遂叫我做"穈先生"。这个绰号叫出去之后,人都知道三先生的小儿子叫做穈先生了。既有"先生"之名,我不能不装出点"先生"样子,更不能跟着顽童们"野"了。有一天,我在我家八字门口和一班孩子掷"掷铜钱",一位老辈走过,见了我,笑道:"穈先生也掷铜钱吗?"我听了羞愧得面红耳热,觉得大失了"先生"的身份!

大人们鼓励我装先生样子,我也没有嬉戏的能力和习惯,又因为我确是喜欢看书,所以我一生可算是不曾享过儿童游戏

---

[1] 选自《九年的家乡教育》。——编者注

的生活。每年秋天,我的庶祖母同我到田里去"监割"(顶好的田,水旱无忧,收成最好,佃户每约田主来监割,打下谷子,两家平分),我总是坐在小树下看小说。十一二岁时,我稍活泼一点,居然和一群同学组织了一个戏剧班,做了一些木刀竹枪,借得了几个假胡须,就在村口田里做戏。我做的往往是诸葛亮、刘备一类的文角儿;只有一次我做史文恭,被花荣一箭从椅子上射倒下去,这算是我最活泼的玩意儿了。

我在这九年(1895—1904)之中,只学得了读书写字两件事。在文字和思想的方面,不能不算是打了一点底子。但别的方面都没有发展的机会。有一次我们村里"当朋"(八都凡五村,称为"五朋",每年一村轮着做太子会,名为"当朋")筹备太子会,有人提议要派我加入前村的昆腔队里学习吹笙或吹笛。族里长辈反对,说我年纪太小,不能跟着太子会走遍五朋。于是我失掉了这学习音乐的唯一机会。三十年来,我不曾拿过乐器,也全不懂音乐;究竟我有没有一点学音乐的天资,我至今还不知道。至于学图画,更是不可能的事。我常常用竹纸蒙在小说的石印绘像上,摹画书上的英雄美人。有一天,被先生看见了,挨了一顿大骂,抽屉里的图画都被搜出撕毁了。于是我又失掉了学做画家的机会。

但这九年的生活,除了读书看书之外,究竟给了我一点做人的训练。在这一点上,我的恩师就是我的慈母。

每天天刚亮时,我母亲便把我喊醒,叫我披衣坐起。我从不知道她醒来坐了多久了。她看见我清醒了,才对我说昨天我做错了什么事,说错了什么话,要我用功读书。有时候她对我说父亲的种种好处,她说:"你总要踏上你老子的脚步。我一生只晓得这一个完全的人,你要学他,不要跌他的股。"(跌股便是丢脸、出丑。)她说到伤心处,往往掉下泪来。到天大明时,她才把我的衣服穿好,催我去上早学。学堂门上的锁匙放在先生家里;我先到学堂门口一望,便跑到先生家里去敲门。先生家里有人把锁匙从门缝里递出来,我拿了跑回去,开了门,坐下念生书。十天之中,总有八九天我是第一个去开学堂门的。等到先生来了,我背了生书,才回家吃早饭。

我母亲管束我最严,她是慈母兼任严父。但她从来不在别人面前骂我一句,打我一下。我做错了事,她只对我一望,我看见了她的严厉眼光,就吓住了。犯的事小,她等到第二天早晨我眼醒时才教训我。犯的事大,她等到晚上人静时,关了房门,先责备我,然后行罚,或罚跪,或拧我的肉。无论怎样重罚,总不许我哭出声来。她教训儿子不是借此出气叫别人听的。

有一个初秋的傍晚,我吃了晚饭,在门口玩,身上只穿了一件单背心。这时候我母亲的妹子玉英姨母在我家住,她怕我冷，拿了一件小衫出来叫我穿上。我不肯穿，她说："穿上吧，凉了。"我随口回答："娘（凉）什么！老子都不老子呀。"我刚说了这句话，一抬头，看见母亲从家里走出，我赶快把小衫穿上。但她已听见这句轻薄的话了。晚上人静后，她罚我跪下，重重地责罚了一顿。她说："你没了老子，是多么得意的事！好用来说嘴！"她气得坐着发抖，也不许我上床去睡。我跪着哭，用手擦眼泪，不知擦进了什么微菌，后来足足害了一年多的眼翳病。医来医去，总医不好。我母亲心里又悔又急，听说眼翳可以用舌头舔去，有一夜她把我叫醒，她真用舌头舔我的病眼。这是我的严师，我的慈母。

我母亲二十三岁做了寡妇，又是当家的后母。这种生活的痛苦，我的笨笔写不出一万分之一二。家中财政本不宽裕，全靠二哥在上海经营调度。大哥从小就是败子，吸鸦片烟，赌博，钱到手就光，光了便回家打主意，见了香炉就拿出去卖，捞着锡茶壶就拿出去押。我母亲几次邀了本家长辈来，给他定下每月用费的数目。但他总不够用，到处都欠下烟债赌债。每年除夕我家中总有一大群讨债的，每人一盏灯笼，坐在大厅上不肯去。大哥早已避出去了。大厅的两排椅子上满满的都是灯笼和债主。我母亲走进走出，料理年夜饭、谢灶神、压岁钱等事，只当做不曾看见这一群人。到了近半夜，快要"封门"了，我母亲才走后门出去,央一位邻舍本家到我家来,每一家债户开发一点钱。做好做歹的,这一群讨债的才一个一个提着灯笼走出去。一会儿,大哥敲门回来了。我母亲从不骂他一句。并且因为是新年,她脸上从不露出一点怒色。这样的过年,我过了六七次。

大嫂是个最无能而又最不懂事的人,二嫂是个很能干而气量很窄小的人。她们常常闹意见,只因为我母亲的和气榜样,她们还不曾有公然相骂相打的事。她们闹气时,只是不说话,不答话,把脸放下来,叫人难看;二嫂生气时,脸色变青,更是怕人。她们对我母亲闹气时,也是如此。我起初全不懂得这一套,后来也渐渐懂得看人的脸色了。我渐渐明白,世间最可厌恶的事莫如一张生气的脸;世间最下流的事莫如把生气的脸摆给旁人看。这比打骂还难受。

我母亲的气量大,性子好,又因为做了后母后婆,她更事事留心,事事格外容忍。大哥的女儿比我只小一岁,她的饮食衣服总是和我的一样。我和她有小争执,总是我吃亏,母亲总是责备我,要我事事让她。后来大嫂二嫂都生了儿子了,她们生气时便打骂孩子来出气,一面打,一面用尖刻有刺的话骂给别人听。我母亲只装作不听见。有时候,她实在忍不住了,便悄悄走出门去,或到左邻立大嫂家去坐一会,或走后门到后邻

第二章　身旁那么多人，可世界不声不响

度嫂家去闲谈。她从不和两个嫂子吵一句嘴。

每个嫂子一生气，往往十天半个月不歇，天天走进走出，板着脸，咬着嘴，打骂小孩子出气。我母亲只忍耐着，忍到实在不可再忍的一天，她也有她的法子。这一天的天明时，她就不起床，轻轻地哭一场。她不骂一个人，只哭她的丈夫，哭她自己苦命，留不住她的丈夫来照管她。她先哭时，声音很低，渐渐哭出声来。我醒了起来劝她，她不肯住。这时候，我总听得见前堂（二嫂住前堂东房）或后堂（大嫂住后堂西房）有一扇房门开了，一个嫂子走出房向厨房走去。不多一会，那位嫂子来敲我们的房门了。我开了房门，她走进来，捧着一碗热茶，送到我母亲床前，劝她止哭，请她喝口热茶。我母亲慢慢停住哭声，伸手接了茶碗。那位嫂子站着劝一会，才退出去。没有一句话提到什么人，也没有一个字提到这十天半个月来的气脸，然而各人心里明白，泡茶进来的嫂子总是那十天半个月来闹气的人。奇怪得很，这一哭之后，至少有一两个月的太平清静日子。

我母亲待人最仁慈、最温和，从来没有一句伤人感情的话。但她有时候也很有刚气，不受一点人格上的侮辱。我家五叔是个无正业的浪人，有一天在烟馆里发牢骚，说我母亲家中有事总请某人帮忙，大概总有什么好处给他。这句话传到了我母亲

耳朵里，她气得大哭，请了几位本家来，把五叔喊来，当面质问他她给了某人什么好处。直到五叔当众认错赔罪，她才罢休。

我在我母亲的教训之下住了九年，受了她的极大极深的影响。我十四岁（其实只有十二岁零两三个月）就离开她了，在这广漠的人海里独自混了二十多年，没有一个人管束过我。如果我学得了一丝一毫的好脾气，如果我学得了一点点待人接物的和气，如果我能宽恕人、体谅人——我都得感谢我的慈母。

梦痕 /丰子恺

我的左额上有一条同眉毛一般长短的疤。这是我儿时游戏中在门槛上跌破了头颅而结成的。相面先生说这是破相，这是缺陷。但我自己美其名曰"梦痕"。因为这是我的梦一般的儿童时代所遗留下来的惟一的痕迹。由这痕迹可以探寻我的儿童时代的美丽的梦。

我四五岁时，有一天，我家为了"打送"（吾乡风俗，亲戚家的孩子第一次上门来作客，辞去时，主人家必做几盘包子送他，名曰"打送"）某家的小客人，母亲、姑母、婶母和诸姐们都在做米粉包子。厅屋的中间放一只大匾，匾的中央放一只大盘，盘内盛着一大堆黏土一般的米粉，和一大碗做馅用的甜甜的豆沙。母亲们大家围坐在大匾的四周。各人卷起衣袖，向盘内摘取一块米粉来，捏做一只碗的形状；挟取一筷豆沙来藏在这碗内；然后把碗口收拢来，做成一个圆子。再用手法把圆子捏成三角形，扭出三条绞丝花纹的脊梁来；最后在脊梁凑合的中心点上打一个红色的"寿"字印子，包子便做成。一圈一圈地陈列在大匾内，样子很是好看。大家一边做，一边兴高采烈地说笑。有时说谁的做得太小，谁的做得太大；有时盛称姑母的做得太玲珑，有时笑指母亲的做得像个饼。笑语之声，充满一堂。这是年中难得的全家欢笑的日子。而在我，做孩子们的，在这种日子更有无上的欢乐；在准备做包子时，我得先吃一碗甜甜的豆沙。做的时候，我只要吵闹一下子，母亲们会另做一只小包子来给我当场就吃。新鲜的米粉和新鲜的豆沙，热热地做出来就吃，味道是好不过的。我往往吃一只不够，再吵闹一下子就得吃第二只。倘然吃第二只还不够，我可嚷着要替她们打寿字印子。这印子是不容易打的：蘸的水太多了，打出来一塌糊涂，看不出寿字；蘸的水太少了，打出来又不清楚；况且位置要摆得正，歪了就难看；打坏了又不能揩抹涂改。所以我嚷着要打印子，是母亲们所最怕的事。她们便会和我商量，把做圆子收口时摘下来的一小粒米粉给我，叫我"自己做来自己吃"。这正是我所盼望的主目的！开了这个例之后，各人做圆子收口时摘下来的米粉，就都得照例归我所有。再不够时还得要求向大盘中扭一把米粉来，自由捏造各种黏土手工：捏一个人，团拢了，改捏一个狗；再团拢了，再改捏一支水烟管……

第二章　身旁那么多人，可世界不声不响

捏到手上的龌龊都混入其中，而雪白的米粉变成了灰色的时候，我再向她们要一朵豆沙来，裹成各种三不像的东西，吃下肚子里去。这一天因为我吵得特别厉害些，姑母做了两只小巧玲珑的包子给我吃，母亲又外加摘一团米粉给我玩。

为求自由，我不在那场上吃弄，拿了到店堂里，和五哥哥一同玩弄。五哥哥者，后来我知道是我们店里的学徒，但在当时我只知道他是我儿时的最亲爱的伴侣。他的年纪比我长，智力比我高，胆量比我大，他常做出种种我所意想不到的玩意儿来，使得我惊奇。这一天我把包子和米粉拿出去同他共玩，他就寻出几个印泥菩萨的小形的红泥印子来，教我印米粉菩萨。

后来我们争执起来，他拿了他的米粉菩萨逃，我就拿了我的米粉菩萨追。追到排门旁边，我跌了一跤，额骨磕在排门槛上，磕了眼睛大小的一个洞，便晕迷不省。等到有知觉的时候，我已被抱在母亲手里，外科郎中蔡德本先生，正在用布条向我的头上重重叠叠地包裹。

自从我跌伤以后，五哥哥每天乘店里空闲的时候到楼上来省问我。来时必然偷偷地从衣袖里摸出些我所爱玩的东西来——例如关在自来火匣子里的几只叩头虫，洋皮纸人头，老菱壳做成的小脚，顺治铜钿①磨成的小刀等——送给我玩，直到

---

① 清朝顺治年间铸造的铜币。——编者注

我额上结成这个疤。

讲起我额上的疤的来由,我的回想中印象最清楚的人物,莫如五哥哥。而五哥哥的种种可惊可喜的行状,与我的儿童时代的欢乐,也便跟了这回想而历历地浮出到眼前来。

他的行为的顽皮,我现在想起了还觉吃惊。但这种行为对于当时的我,有莫大的吸引力。使我时时刻刻追随他,自愿地做他的从者。他用手捉住一条大蜈蚣,摘去了它的有毒的钩爪,而藏在衣袖里,走到各处,随时拿出来吓人。我跟了他走,欣赏他的把戏。他有时偷偷地把这条蜈蚣放在别人的瓜皮帽上,让它沿着那人的额骨爬下去,吓得那人直跳起来。有时怀着这条蜈蚣去登坑,等候邻席的登坑者正在拉粪的时候,把蜈蚣丢在他的裤子上,使得那人扭着裤子乱跳,累了满身的粪。又有时当众人面前他偷把这条蜈蚣放在自己的额上,假装被咬的样子而号啕大哭起来,使得满座的人惊惶失措,七手八脚地为他营救。在正危急存亡的时候,他伸起手来收拾了这条蜈蚣,忽然破涕为笑,一缕烟逃走了。后来这套戏法渐渐做穿,有的人警告他说,若是再拿出蜈蚣来,要打头颈拳[①]了。于是他换出别种花样来:他躲在门口,等候警告打头颈拳的人将走出门,突

[①] 作家的家乡话,指打耳光。——编者注

第二章 身旁那么多人，可世界不声不响

然大叫一声，倒身在门槛边的地上，乱滚乱撞，哭着嚷着，说是践踏了一条臂膀粗的大蛇，但蛇是已经钻进榻底下去了。走出门来的人被他这一吓，实在魂飞魄散；但见他的受难比他更深，也无可奈何他，只怪自己的运气不好。他看见一群人蹲在岸边钓鱼，便参加进去，和蹲着的人闲谈。同时偷偷地把其中相接近的两人的辫子梢头结住了，自己就走开，躲到远处去作壁上观。被结住的两人中若有一人起身欲去，滑稽剧就演出来给他看了。诸如此类的恶戏，不胜枚举。

现在回想他这种玩耍，实在近于为虐的戏谑。但当时他热心地创作，而热心地欣赏的孩子，也不止我一个。世间的严正的教育者！请稍稍原谅他的顽皮！我们的儿时，在私塾里偷偷地玩了一个折纸手工，是要遭先生用铜笔套管在额骨上猛钉几下，外加在至圣先师孔子之神位面前跪一支香的！

况且我们的五哥哥也曾用他的智力和技术来发明种种富有趣味的玩意，我现在想起了还可以神往。暮春的时候，他领我到田野去偷新蚕豆。把嫩的生吃了，而用老的来做"蚕豆水龙"。其做法，用煤头纸把老蚕豆荚熏得半熟，剪去其下端，用手一捏，荚里的两粒豆就从下端滑出，再将荚的顶端稍稍剪去一点，使成一个小孔。然后把豆荚放在水里，待它装满了水，以一手的指捏住其下端而取出来，再以另一手的指用力压榨豆

荚,一条细长的水带便从豆荚的顶端的小孔内射出。制法精巧的,射水可达一二丈之远。他又教我"豆梗笛"的做法:摘取豌豆的嫩梗长约寸许,以一端塞入口中轻轻咬嚼,吹时便发嗒嗒之音,再摘取蚕豆梗的下段,长约四五寸,用指爪在梗上均匀地开几个洞,作成笛的样子。然后把豌豆梗插入这笛的一端,用两手的指随意启闭各洞而吹奏起来,其音宛如无腔之短笛。他又教我用洋蜡烛的油作种种的浇造和塑造。用芋艿或番薯镌刻种种的印版,大类现今的木版画。……诸如此类的玩意,亦复不胜枚举。

现在我对这些儿时的乐事久已缘远了。但在说起我额上的疤的来由时,还能热烈地回忆神情活跃的五哥哥和这种兴致蓬勃的玩意儿。谁言我左额上的疤痕是缺陷?这是我的儿时欢乐的佐证,我的黄金时代的遗迹。过去的事,一切都同梦幻一般地消灭,没有痕迹留存了。只有这个疤,好像是"脊杖二十,刺配军州"时打在脸上的金印,永久地明显地录着过去的事实,一说起就可使我历历地回忆前尘。仿佛我是在儿童世界的本贯地方犯了罪,被刺配到这成人社会的"远恶军州"来的。这无期的流刑虽然使我永无还乡之望,但凭这脸上的金印,还可回溯往昔,追寻故乡的美丽的梦啊!

给我的孩子们　　/ 丰子恺

我的孩子们！我憧憬于你们的生活,每天不止一次!我想委曲地说出来,使你们自己晓得。可惜到你们懂得我的话的意思的时候,你们将不复是可以使我憧憬的人了。这是何等可悲哀的事啊!

瞻瞻!你尤其可佩服。你是身心全部公开的真人。你什么事体都像拼命地用全副精力去对付。小小的失意,像花生米翻落地了,自己嚼了舌头了,小猫不肯吃糕了,你都要哭得嘴唇翻白,昏去一两分钟。外婆普陀去烧香买回来给你的泥人,你何等鞠躬尽瘁地抱他,喂他;有一天你自己失手把他打破了,你的号哭的悲哀,比大人们的破产,失恋,broken heart〔心碎〕,丧考妣,全军覆没的悲哀都要真切。两把芭蕉扇做的脚踏车,麻雀牌堆成的火车、汽车,你何等认真地看待,挺直了嗓子叫"汪——""咕咕咕……"来代替汽笛。宝姐姐讲故事给你听,说到"月亮姐姐挂下一只篮来,宝姐姐坐在篮里吊了上去,瞻瞻在下面看"的时候,你何等激昂地同她争,说:"瞻瞻要上去,宝姐姐在下面看!"甚至哭到漫姑面前去求审判。我每次剃了头,你真心地疑我变了和尚,好几时不要我抱。最是今年夏天,你坐在我膝上发现了我腋下的长毛,当作黄鼠狼的时候,你何等伤心,你立刻从我身上爬下去,起初眼瞪瞪地对我端相,继而大失所望地号哭,看看,哭哭,如同对被判定了死罪的亲友一样。你要我抱你到车站里去,多多益善地要买香蕉,满满地擒了两手回来,回到门口时你已经熟睡在我的肩上,手里的香蕉不知落在哪里去了。这是何等可佩服的真率、自然、与热情!大人间的所谓"沉默""含蓄""深刻"的美德,比起你来,全是不自然的、病的、伪的!

你们每天做火车,做汽车,办酒,请菩萨,堆六面画,唱歌,全是自动的,创造创作的生活。大人们的呼号"归自然!""生活的艺术化!""劳动的艺术化!"在你们面前真是出丑得很了!依样画几笔画,写几篇文的人称为艺术家、创作家,对你们更要愧死!

你们的创作力,比大人真是强盛得多哩:瞻瞻!你的身体不及椅子的一半,却常常要搬动它,与它一同翻倒在地上;你又要把一杯茶横转来藏在抽斗里,要皮球停在壁上,要拉住火

第二章　身旁那么多人，可世界不声不响

车的尾巴，要月亮出来，要天停止下雨。在这等小小的事件中，明明表示着你们的小弱的体力与智力不足以应付强盛的创作欲、表现欲的驱使，因而遭逢失败。然而你们是不受大自然的支配，不受人类社会的束缚的创造者，所以你的遭逢失败，例如火车尾巴拉不住、月亮呼不出来的时候，你们决不承认是事实的不可能，总以为是爹爹妈妈不肯帮你们办到，同不许你们弄自鸣钟同例，所以愤愤地哭了，你们的世界何等广大！

你们一定想：终天无聊地伏在案上弄笔的爸爸，终天闷闷地坐在窗下弄引线的妈妈，是何等无气性的奇怪的动物！你们所视为奇怪动物的我与你们的母亲，有时确实难为了你们，摧残了你们，回想起来，真是不安心得很！

阿宝！有一晚你拿软软的新鞋子，和自己脚上脱下来的鞋子，给凳子的脚穿了，划袜立在地上，得意地叫"阿宝两只脚，凳子四只脚"的时候，你母亲喊着："龌龊了袜子！"立刻擒你到藤榻上，动手毁坏你的创作。当你蹲在榻上注视你母亲动手毁坏的时候，你的小心里一定感到"母亲这种人，何等杀风景而野蛮"吧！

瞻瞻！有一天开明书店送了几册新出版的毛边的《音乐入门》来。我用小刀把书页一张一张地裁开来，你侧着头，站在桌边默默地看。后来我从学校回来，你已经在我的书架上拿了

一本连史纸印的中国装的《楚辞》,把它裁破了十几页,得意地对我说:"爸爸!瞻瞻也会裁了!"瞻瞻!这在你原是何等成功的欢喜,何等得意的作品!却被我一个惊骇的"哼!"字喊得你哭了。那时候你也一定抱怨"爸爸何等不明"吧!

软软!你常常要弄我的长锋羊毫,我看见了总是无情地夺脱你。现在你一定轻视我,想道:"你终于要我画你的画集的封面!"①

最不安心的,是有时我还要拉一个你们所最怕的陆露沙医生来。教他用他的大手来摸你们的肚子,甚至用刀来在你们臂上割几下,还要教妈妈和漫姑擒住了你们的手脚,捏住了你们的鼻子,把很苦的水灌到你们的嘴里去。这在你们一定认为太无人道的野蛮举动吧!

孩子们!你们真果抱怨我,我倒欢喜;到你们的抱怨变为感谢的时候,我的悲哀来了!

我在世间,永没有逢到像你们样出肺肝相示的人。世间的人群结合,永没有像你们样的彻底地真实而纯洁。最是我到上海去干了无聊的所谓"事"回来,或者去同不相干的人们做了

---

① 《给我的孩子们》原为《子恺画集》的代序。《子恺画集》的封面为软软所作。

第二章　身旁那么多人，可世界不声不响

叫做"上课"的一种把戏回来，你们在门口或车站旁等我的时候，我心中何等惭愧又欢喜！惭愧我为什么去做这等无聊的事，欢喜我又得暂时放怀一切地加入你们的真生活的团体。

但是，你们的黄金时代有限，现实终于要暴露的。这是我经验过来的情形，也是大人们谁也经验过的情形。我眼看见儿时的伴侣中的英雄、好汉，一个个退缩，顺从，妥协，屈服起来，到像绵羊的地步。我自己也是如此。"后之视今，亦犹今之视昔"，你们不久也要走这条路呢！

我的孩子们！憧憬于你们的生活的我，痴心要为你们永远挽留这黄金时代在这册子里。然这真不过像"蜘蛛网落花"略微保留一点春的痕迹而已。且到你们懂得我这片心情的时候，你们早已不是这样的人，我的画在世间已无可印证了！这是何等可悲哀的事啊！

永在的温情　　/ 郑振铎

十月十九日下午五点钟,我在一家编译所一位朋友的桌上,偶然拿起了一份刚送来的 *Evening Post*①,被这样的一个标题"中国的高尔基今晨五时去世"惊骇得一跳。连忙读了下来,这惊骇变成了事实:果然是鲁迅先生去世了!

这消息像闪雷似的,当头打了下来,我呆坐在那里不言不动。

谁想得到这可怕的噩耗竟这样地突然地来呢?

鲁迅先生病得很久了,间歇地发着热,但热度并不甚高。一年以来,始终不曾好好的恢复过,但也从不曾好好的休息过。半年以来,情形尤显得不好。缠绵在病榻上总有三四个月。朋

---

① 即《大美晚报》,20世纪,美国侨民在上海发行的一份著名的英文报纸,英文名为 Shanghai Evening Post and Mercury。——编者注

第二章　身旁那么多人，可世界不声不响

友们都劝他转地疗养。他自己也有此意。前一个月，听说他要到日本去。但茅盾告诉我，那一天还遇见他在 Isis①看 Du-brovsky②；中国木刻画展览会，他也曾去参观。总以为他是渐渐的复原了，能够出来走走了。谁又想得到这可怕的噩耗竟这样突然地来呢？

刚在前几天，他还有信给我，说起一部书出版的事；还附带地说，想早日看见《十竹斋笺谱》的刻成。我还没有来得及写回信。

谁想得到这可怕的噩耗竟这样的突然地来呢？

我一夜不曾好好地安心地睡。

第二天赶到万国殡仪馆，站在他遗像的面前，久久地走不开。再一看，他的遗体正在像下，在鲜花的包围里，面貌还是那么清癯而带些严肃，但双眼却永远地闭上了。

我要哭出来，大声地哭，但我那时竟流不出眼泪，泪水为悲戚所灼干了。我站在那里，久久走不开。我竟不相信，他竟是那样突然地便离我们而远远地向不可知的所在而去了。

---

①　即上海大戏院。1836年10月10日午后，鲁迅先生同许广平携海婴并邀玛理往上海大戏院观戏。——编者注

②　中译名为《复仇艳遇》，由普希金的小说《杜布罗夫斯基》改编。——编者注

但他的友谊的温情却是永在的,永在我的心上——也永在他的一切友人的心上,我相信。

初和他见面时,总以为他是严肃的冷酷的。他的瘦削的脸上,轻易不见笑容。他的谈吐迟缓而有力,渐渐地谈下去,在那里面,你便可以发现其可爱的真挚,热情的鼓励与亲切的友谊。他虽不笑,他的话却能引你笑。他是最可谈、最能谈的朋友,你可以坐在他客厅里,他那间书室(兼卧室)里,坐上半天,不觉得一点拘束、一点不舒服。什么话都谈。但他的话头却总是那么有力。他的见解往往总是那么正确。你有什么怀疑、不安,由于他的几句话也许便可以解决你的问题,鼓起你的勇气。

失去了这样的一位温情的朋友,就个人讲,将是怎样的一个损失呢?

他最勤于写作,也最鼓励人写作。他会不惮其烦地几天几夜地在替一位不认识的青年,或一位不深交的朋友,改削创作,校正译稿。其仔细和小心远过于一位私塾的教师。

他曾和我谈起一件事:有一位不相识的青年寄一篇稿子来请求他改。他仔仔细细地改了寄回去。那青年却写信来骂他一顿,说被改涂得太多了。第二次又寄一篇稿子来,他又替他改了寄回去。这一次的回信,却责备他改得太少。

第二章　身旁那么多人，可世界不声不响

"现在做事真难极了！"他慨叹地说道。对于人的不易对付和做事之难，他这几年来时时地深深地感到。

但他并不灰心，仍然在做着吃力不讨好的改削创作、校正译稿的事，挣扎着病躯，深夜里，仔仔细细地为不相识的青年或不深交的朋友在工作。

这样的温情的指导者和朋友，一旦失去了，将怎样地令人感到不可补赎之痛呢！

他所最恨的是那些专说风凉话而不肯切实地做事的人。会批评，但不工作；会讥嘲，但不动手；会傲慢自夸，但永远拿不出东西来，像那样的人物，他是不客气的要摈之门外，永不相往来的。所谓无诗的诗人，不写文章的文人，他都深诛痛恶地在责骂。

他常感到"工作"的来不及做，特别是在最近一二年，凡做一件事，都总要快快地做。

"迟了恐怕要来不及了。"这句话他常在说。

那样的清楚的心境，我们都是同样的深切地感到的。想不到他自己真的便是那么快的便逝去，还留下要做的许多事没有来得及做——但，后死者却要继续他的事业下去！

我和他第一次的相见是在同爱罗先珂①到北平去的时候。

---

① 俄国诗人、世界语学者、童话作家。——编者注

他着一件黑色的夹外套,戴着黑色呢帽,陪着爱罗先珂到女师大的大礼堂里去。我们匆匆地谈了几句话。因为自己不久便回到南边来,在北平竟不曾再见一次面。

后来,他自己说,他那件黑色的夹外套,到如今还有时着在身上。

我编《小说月报》的时候,曾不时地通信向他要些稿子。除了说起稿子的事,别的话也没有什么。

最早使我笼罩在他温热的友情之下的,是一次讨论到"三言"问题的信。

我在上海研究中国小说,完全像盲人骑瞎马,乱闯乱摸,一点凭借都没有,只是节省着日用,以浅浅的薪水购入书,而即以所购入之零零落落的破书,作为研究的资源。那时候实在贫乏得、肤浅得可笑,偶尔得到一部原版的《隋唐演义》却以为是了不得的奇遇,至于"三言"之类的书,却是连梦魂里也不曾谈到。

他的《中国小说史略》的出版,减少了许多我在暗中摸索之苦。我有一次写信问他《醒世恒言》《警世通言》及《喻世明言》的事,他的回信很快地便来了,附来的是他抄录的一张《醒世恒言》的全目——这张目录我至今还保全在我的一部《中国小说史略》里。他说,"喻世""警世",他也没有见到。《醒

第二章　身旁那么多人，可世界不声不响

世恒言》他只有半部。但有一位朋友那里藏有全书，所以他便借了来，抄下目录寄给我。

当时，我对于这个有力的帮助，说不出应该怎样的感激才好。这目录供给了我好几次的应用。

后来，我很想看看《西湖二集》，又写信问他有没有此书。不料随了回信同时递到的却是一包厚厚的包裹。打开了看时，却是半部明末版的《西湖二集》，附有全图。我那时实在眼光小得可怜，几曾见过几部明版附插图的平话集，见了《西湖二集》为之狂喜！而他的信道，他现在不弄中国小说，这书留在手边无用，送了给我吧。这贵重的礼物，从一个只见一面的不深交的朋友那里来，这感动是至今跃跃在心头的。

我生平从没有意外的获得。我的所藏的书，一部部都是很辛苦的设法购得的，购书的钱，都是中夜灯下疾书的所得或减衣缩食的所余。一部部书都可看出我自己的夏日的汗，冬夜的凄栗，有红丝的睡眼，右手执笔处的指端的硬茧和酸痛的右臂。但只有这一集可宝贵的书，乃是我书库里唯一的友情的赠与——只有这一部书！

现在这部《西湖二集》也还堆在我最宝爱的几十部明版书的中间，看了它便要泫然泪下。这可爱的直率的真挚的友情，这不意中的难得的帮助，如今是不能再有了！

但我心头的温情是永在的！这温情也永在他的一切友人的心上，我相信。

"九一八"以后，他到过北平一趟，得到青年人最大的热烈的欢迎。但过了几天，便悄悄地走了。他原是去探望他母亲的病的。我竟来不及去看他。

但那一年寒假的时候，我回到上海，到他寓所时，他便和我谈起在北平的所获。

"木刻画如今是末路了，但还保存在笺纸上。不过，也难说，保全得不会久。"他深思地说道。

他搬出不少的彩色笺纸，来给我看，都是在北平时所购得的。

"要有人把一家家南纸店所出的笺纸，搜罗了一下，用好纸刷印个几十部，作为笺谱，倒是一件好事。"他说道。

过了一会，他又道："这要住在北平的人方能做事。我在这里不能做这事。"

我心里很跃动，正想说，"那么，我来做吧。"而他慢吞吞地续说道："你倒可以做，要是费些工作，倒可以做。"

我立刻便将这责任担负了下来，但说明搜辑而得的笺纸，由他负选择之责。我相信他的选择要比我高明得多。

以后，我一包一包的将购得的笺样送到上海，经他选择后，

第二章　身旁那么多人，可世界不声不响

再一包一包的寄回。

中间，我曾因事把这工作停顿了二三个月。他来信说，"这事我们得赶快做，否则，要来不及做，或轮不到我们做。"

在他的督促和鼓励之下，那六巨册的美丽的《北平笺谱》方才得以告成。

有一次，我到上海来，带回了亡友王孝慈先生所藏的《十竹斋笺谱》四册，顺便地送到他家里给他看。

这部谱，刻得极精致，是明末版画里最高的收获。但刻成的年月是崇祯十六年的夏天，所以流传得极少。

"这部书似也不妨翻刻一下。"我提议道；那时，我为《北平笺谱》的成功所鼓励，勇气有余。

"好的，好的，不过要赶快做！"他道。

想不到全部要翻刻，工程浩大无比，所耗也不赀，几乎不是我们的力量所及。第一册已出版了，第二册也刻好待印；而鲁迅先生却等不及见到第三册以下的刻成了！

对于美好的东西，似乎他都喜爱。我曾经有过一个意思，要集合六朝造像及墓志的花纹刻为一书。但他早已注意及此了。他告诉我说，他所藏的六朝造像的拓本也不少，如今还在陆续地买。

他是最能分别得出美与丑，永远的不朽与急就的草率的。

除了以朽腐为神奇,而沾沾自喜,向青年们施以毒害的宣传之外,他对于古代的遗产,决不歧视,反而抱着过分的喜爱。

他曾经告诉过我,他并不反对袁中郎;中郎是十分方巾气的,这在他文集里便可见。他所厌弃,所斥责的乃是只见中郎的一面,而恣意鼓吹着的人物。

京平刚从鲁迅先生那里得到最大的鼓励。他感激得几乎哭出来。但想不到鲁迅竟这样的突然的过去了!

第三天,我在万国殡仪馆门口遇见他;他的嘴唇在颤动,眼圈在红。

从万国公墓归来后,他给我一封信道:"我心已经分裂。我从到达公墓时,就失去了约束自己的力量,一直到墓石封合了!我竟痛哭失声,先生,这是我平生第一痛苦的事了,他匆匆地瞥了我一眼,就去了——"

但他并没有去。他的温情永在我的心头——也永在他的一切友人的心上,我相信。

(本文有删减)

志摩在回忆里

/郁达夫

新诗传宇宙,竟尔乘风归去,同学同庚,老友如君先宿草。

华表托精灵,何当化鹤重来,一生一死,深闺有妇赋招魂。

这是我托杭州陈紫荷先生代作代写的一副挽志摩的挽联。陈先生当时问我和志摩的关系,我只说他是我自小的同学,又是同年,此外便是他这一回的很适合他身份的死。

做挽联我是不会做的,尤其是文言的对句。而陈先生也想了许多成句,如"高处不胜寒""犹是深闺梦里人"之类,但似乎都寻不出适当的上下对,所以只成了上举的一联。这挽联的好坏如何,我也不晓得,不过我觉得文句做得太好,对仗对得太工,是不大适合于哀挽的本意的。悲哀的最大表示,是自然的目瞪口呆、僵若木鸡的那一种样子，这我在小曼夫人当初次接到志摩的凶耗的时候曾经亲眼见到过。其次是抚棺的一哭，这我在万国殡仪馆中，当日来吊的许多志摩的亲友之间曾经看到过。至于哀挽诗词的工与不工，那却是次而又次的问题了；我不想说志摩是如何如何的伟大，我不想说他是如何如何的可爱，我也不想说我因他之死而感到怎么怎么的悲哀，我只想把在记忆里的志摩来重描一遍，因而再可以想见一次他那副凡见过他一面的人谁都不容易忘去的面貌与音容。

大约是在宣统二年（一九一〇）的春季，我离开故乡的小市，去转入当时的杭府中学读书——上一期似乎是在嘉兴府中读的，终因路远之故而转入了杭府——那时候府中的监督，记得是邵伯炯先生，寄宿舍是大方伯的图书馆对面。

当时的我，是初出茅庐的一个十四岁未满的乡下少年，突然间闯入了省府的中心，周围万事看起来都觉得新异怕人。所以在宿舍里，在课堂上，我只是诚惶诚恐，战战兢兢，同蜗牛似的蜷伏着，连头都不敢伸一伸出壳来。但是同我的这一种畏缩态度正相反的，在同一级同一宿舍里，却有两位奇人在跳跃活动。

一个是身体生得很小，而脸面却是很长，头也生得特别大的小孩子。我当时自己当然总也还是一个小孩子，然而看见了

第二章　身旁那么多人，可世界不声不响

他，心里却老是在想："这顽皮小孩，样子真生得奇怪。"仿佛我自己已经是一个大孩似的。还有一个日夜和他在一块，最爱做种种淘气的把戏，为同学中间的爱戴集中点的，是一个身材长得相当的高大，面上也已经满示着成年的男子的表情，由我那时候的心里猜来，仿佛是年纪总该在三十岁以上的大人，——其实呢，他也不过和我们上下年纪而已。

他们俩，无论在课堂上或在宿舍里，总在交头接耳地密谈着，高笑着，跳来跳去，和这个那个闹闹，结果却终于会出其不意地做出一件很轻快很可笑很奇特的事情来吸引大家的注意的。

而尤其使我惊异的，是那个头大尾巴小，戴着金边近视眼镜的顽皮小孩，平时那样的不用功，那样的爱看小说——他平时拿在手里的总是一卷有光纸上印着石印细字的小本子——而考起来或作起文来却总是分数得的最多的一个。

像这样的和他们同住了半年宿舍，除了有一次两次也上了他们一点小当之外，我和他们终究没有发生什么密切一点的关系；后来似乎我的宿舍也换了，除了在课堂上相聚在一块之外，见面的机会更加少了。年假之后第二年的春天，我不晓为了什么，突然离去了府中，改入了一个现在似乎也还没有关门的教会学校。从此之后，一别十余年，我和这两位奇人——一个小

孩、一个大人——终于没有遇到的机会。虽则在异乡飘泊的途中，也时常想起当日的旧事，但是终因为周围环境的迁移激变，对这微风似的少年时候的回忆，也没有多大的留恋。

民国十三、十四年——一九二四、一九二五年——之交，我混迹在北京的软红尘里；有一天风定日斜的午后，我忽而在石虎胡同的松坡图书馆里遇见了志摩。仔细一看，他的头、他的脸，还是同中学时候一样发育得分外的大，而那矮小的身材却不同了，非常之长大了，和他并立起来，简直要比我高一二寸的样子。

他的那种轻快磊落的态度，还是和孩时一样，不过因为历尽了欧美的游程之故，无形中已经锻炼成了一个长于社交的人了。笑起来的时候，可还是同十几年前的那个顽皮小孩一色无二。

从这年后，和他就时时往来，差不多每礼拜要见好几次面。他的善于座谈、敏于交际、长于吟诗的种种美德，自然而然地使他成了一个社交的中心。当时的文人学者、达官丽姝，以及中学时候的倒霉同学，不论长幼，不分贵贱，都在他的客座上可以看到。不管你是如何心神不快的时候，只教经他用了他那种浊中带清的洪亮的声音，"喂，老×，今天怎么样？什么什么怎么样了？"的一问，你就自然会把一切的心事丢开，被他的那种快乐的光耀同化了过去。

正在这前后，和他一次谈起了中学时候的事情，他却突然

第二章　身旁那么多人，可世界不声不响

地呆了一呆，张大了眼睛惊问我说：

"老李你还记得起记不起？他是死了哩！"

这所谓老李者，就是我在头上写过的那位顽皮大人，和他一道进中学的他的表哥哥。

其后他又去欧洲，去印度，交游之广，从中国的社交中心扩大而成为国际的。于是美丽宏博的诗句和清新绝俗的散文，也一年年的积多了起来。一九二七年的革命之后，北京变了北平，当时的许多中间阶级者就四散成了秋后的落叶。有些飞上了天去，成了要人，再也没有见到的机会了，有些也竟安然地在牖下到了黄泉；更有些，不死不生，仍复在歧路上徘徊着、苦闷着，而终于寻不到出路。是在这一种状态之下，有一天在上海的街头，我又忽而遇见志摩。

"喂，这几年来你躲在什么地方？"

兜头的一喝，听起来仍旧是他那一种洪亮快活的声气。在路上略谈了片刻，一同到了他的寓里坐了一会，他就拉我一道到了大赉公司的轮船码头。因为午前他刚接到了无线电报，诗人太果尔[①]回印度的船系定在午后五时左右靠岸，他是要上船去看看这老诗人的病状的。

[①]　即印度诗人泰戈尔。——编者注

生命以痛吻我，我却报之以歌

当船还没有靠岸，岸上的人和船上的人还不能够交谈的时候，他在码头上的寒风里立着——这时候似乎已经是秋季了——静静地呆呆地对我说：

"诗人老去，又遭了新时代的摈斥，他老人家的悲哀，正是孔子的悲哀。"

因为太果尔这一回是新从美国日本去讲演回来，在日本在美国都受了一部分新人的排斥，所以心里是不十分快活的；并且又因年老之故，在路上更染了一场重病。志摩对我说这几句话的时候，双眼呆看着远处，脸色变得青灰，声音也特别的低。我和志摩来往了这许多年，在他脸上看出悲哀的表情来的事情，这实在是最初也便是最后的一次。

从这一回之后，两人又同在北京的时候一样，时时来往了。可是一则因为我的疏懒无聊，二则因为他跑来跑去的教书忙，这一两年间，和他聚谈时候也并不多。今年的暑假后，他于去北平之先曾大宴了三日客。头一天喝酒的时候，我和董任坚先生都在那里。董先生也是当时杭府中学的旧同学之一，席间我们也曾谈到了当时的杭州。在他遇难之前，从北平飞回来的第二天晚上，我也偶然的，真真是偶然的，闯到了他的寓里。

那一天晚上，因为有许多朋友会聚在那里的缘故，谈谈说说，竟说到了十二点过。临走的时候，还约好了第二天晚上的后会才兹分散。但第二天我没有去,于是就永久失去了见他的机会了,因为他的灵柩到上海的时候是已经殓好了来的。

文人之中,有两种人最可以羡慕。一种是像高尔基一样,活到了六七十岁,而能写许多有声有色的回忆文的老寿星,其他的一种是如叶赛宁一样的光芒还没有吐尽的天才夭折者。前者可以写许多文学史上所不载的文坛起伏的经历,他个人就是一部纵的文学史。后者则可以要求每个同时代的文人都写一篇吊他哀他或评他骂他的文字,而成一部横的放大的文苑传。现在志摩是死了,但是他的诗文是不死的,他的音容状貌可也是不死的,除非要等到认识他的人老老少少一个个都死完的时候为止。

附记:

上面的一篇回忆写完之后,我想想,想想,又在陈先生代做的挽联里加入了一点事实,缀成了下面的四十二字:

三卷新诗,廿年旧友,与君同是天涯,只为佳人难再得。

一声河满,九点齐烟,化鹤重归华表,应愁高处不胜寒。

四位先生　　/老舍

吴组缃先生的猪

从青木关到歌乐山一带等处,在我所认识的文友中要算吴组缃先生最为阔绰。他养着一口小花猪。据说,这小动物的身价,值六百元。

每次我去访组缃先生,必附带的向小花猪致敬,因为我与组缃先生核计过了:假若他与我共同登广告卖身,大概也不会有人出六百元来买!

有一天,我又到吴宅去。给小江——组缃先生的少爷——买了几个比醋还酸的桃子。拿着点东西,好搭讪着骗顿饭吃,否则就太不好意思了。一进门,我看见吴太太的脸比晚日还红。我心里一想,便想到了小花猪。假若小花猪丢了,或是出了别的毛病,组缃先生的阔绰便马上不存在了!一打听,果然是为了小花猪：它已绝食一天了。我很着急，急中生智，主张给它点奎宁吃，恐怕是打摆子。大家都不赞同我的主张。我又建议把它抱到床上盖上被子睡一觉，出点汗也许就好了；焉知道不是感冒呢？这年月的猪比人还娇贵呀！大家还是不赞成。后来，把猪医生请来了。我颇兴奋，要看看猪怎么吃药。猪医生把一些草药包在竹筒的大厚皮儿里，使小花猪横衔着，两头向后束在脖子上；这样，药味与药汁便慢慢走入里边去。把药包儿束好，小花猪的口中好像生了两个翅膀，倒并不难看。

虽然吴宅有此骚动，我还是在那里吃了午饭——自然稍微的有点不得劲儿！

过了两天，我又去看小花猪——这回是专程探病，绝不为看别人；我知道现在猪的价值有多大——小花猪口中已无那个药包，而且也吃点东西了。大家都很高兴，我就又就棍打腿的骗了顿饭吃，并且提出声明：到冬天，得分给我几斤腊肉！组缃先生与太太没加任何考虑便答应了。吴太太说："几斤？十斤也行！想想看，那天它要是一病不起……"大家听罢，都出了冷汗！

生命以痛吻我，我却报之以歌

马宗融先生的时间观念

马宗融先生的表大概是，我想是一个装饰品。无论约他开会，还是吃饭，他总迟到一个多钟头，他的表并不慢。

来重庆，他多半是住在白象街的作家书屋。有的说也罢，没的说也罢，他总要谈到夜里两三点钟。假若不是别人都困得不出一声了，他还想不起上床去。有人陪着他谈，他能一直坐到第二天夜里两点钟。表、月亮、太阳，都不能引起他注意到时间。

比如说吧，下午三点他须到观音岩去开会，到两点半他还毫无动静。"宗融兄，不是三点，有会吗？该走了吧？"有人这样提醒他。他马上去戴上帽子，提起那有茶碗口粗的木棒，向外走。"七点吃饭。早回来呀！"大家告诉他。他回答声"一定回来"，便匆匆地走出去。

到三点的时候，你若出去，你会看见马宗融先生在门口与一位老太婆，或是两个小学生，谈话儿呢！即使不是这样，他在五点以前也不会走到观音岩。路上每遇到一位熟人，便要谈，至少，十分钟的话。若遇上打架吵嘴的，他得过去解劝，还许把别人劝开，而他与另一位劝架的打起来！遇上某处起火，他得帮着去救。有人追赶扒手,他必然的加入,非捉到不可。看见某种新东西,他得过去问问价钱,不管买与不买。看到戏报子,马上他去借电话,问还有票没有……这样,他从白象街到观音岩,可以走一天,幸而他记得开会那件事,所以只走两三个钟头!到了开会的地方,即使大家已经散了会,他也得坐两点钟,他跟谁都谈得来,都谈得很有趣、很亲切、很细腻。有人随便哼了一句二黄,他立刻请教给他;有人刚买一条绳子,他马上拿过来练习跳绳——五十岁了啊!

七点,他想起来回白象街吃饭,归路上,又照样的劝架、救火、追贼、问物价、打电话……至早,他在八点半左右走到目的地。满头大汗,三步当作两步走的,他走了进来。饭早已开过了。

所以,我们与友人定约会的时候,若说随便什么时间,早晨也好,晚上也好,反正我一天不出门,你哪时来也可以,我们便说"马宗融的时间吧"!

姚蓬子先生的砚台

作家书屋是个神秘的地方,不信你交到那里一份文稿,而三五日后再亲自去索回,你就必定不说我扯谎了。

进到书屋,十之八九你找不到书屋的主人——姚蓬子先生。他不定在哪里藏着呢。他的被褥是稿子,他的枕头是稿子,他的桌上、椅上、窗台上……全是稿子。简单的说吧,他被稿子埋起来了。当你要稿子的时候,你可以看见一个奇迹。假如说尊稿是十张纸写的吧,书屋主人会由枕头底下翻出两张,由裤袋里掏出三张,书架里找出两张,窗子上揭下一张,还欠两张。你别忙,他会由老鼠洞里拉出那两张,一点也不少!

单说蓬子先生的那块砚台,也足够惊人了!那是块无法形容的石砚。不圆不方,有许多角儿,而没有任何角度。有一点沿儿,豁口甚多,底子最奇,四周翘起,中间的一点凸出,如元宝之背,它会像陀螺似的在桌上乱转,还会一头高一头低地倾斜,如浪中之船。我老以为孙悟空就是由这块石头跳出去的!

到磨墨的时候,它会由桌子这一端滚到那一端,而且响如快跑的马车。我每晚十时必就寝,而对门儿书屋的主人要办事办到天亮。从十时到天亮,他至少研十次墨,一次比一次响——到夜最静的时候,大概连南岸都感到一点震动。从我到白象街起,我没做过一个好梦,刚一入梦,砚台来了一阵雷雨,梦为之断。在夏天,砚一响,我就起来拿臭虫。冬天可就不好办,只好咳嗽几声,使之闻之。

现在,我已交给作家书屋一本书,等得到出版,我必定破费几十元，送给书屋主人一块平底的、不出声的砚台！

何容先生的戒烟

首先要声明：这里所说的烟是香烟，不是鸦片。

从武汉到重庆，我老同何容先生在一间屋子里，一直到前年八月间。在武汉的时候，我们都吸"大前门"或"使馆"牌；小大"英"似乎都不够味儿。到了重庆，小大"英"似乎变了质，越来越"够"味儿了，"前门"与"使馆"倒仿佛没了什么意思。慢慢的，"刀"牌与"哈德门"又变成我们的朋友，而与小大"英"，不管是谁的主动吧，好像冷淡得日甚一日，不久，"刀"牌与"哈德门"又与我们发生了意见，差不多要绝交的样子。何容先生就决心戒烟！

在他戒烟之前，我已声明过："先上吊，后戒烟！"本来嘛，"弃妇抛雏"的流亡在外，吃不敢进大三元，喝么也不过是清一色（黄酒贵，只好吃点白干），女友不敢去交，男友一律是穷光蛋，住是二人一室，睡是臭虫满床，再不吸两支香烟，还活着干吗？可是，一看何容先生戒烟，我到底受了感动，既觉自己无勇，又钦佩他的伟大；所以，他在屋里，我几乎不敢动手取烟，以免动摇他的坚决！

何容先生那天睡了十六个钟头，一支烟没吸！醒来，已是黄昏，他便独自走出去。我没敢陪他出去，怕不留神递给他一支烟，破了戒！掌灯之后，他回来了，满面红光，含着笑，从口袋中掏出一包土产卷烟来。"你尝尝这个，"他客气地让我，"才一个铜板一支！有这个，似乎就不必戒烟了！没有必要！"把烟接过来，我没敢说什么，怕伤了他的尊严。面对面的，把烟燃上，我俩细细地欣赏。头一口就惊人，冒的是黄烟，我以为他误把爆竹买来了！听了一会儿，还好，并没有爆炸，就放胆继续地吸。吸了不到四五口，我看见蚊子都争着向外边飞，我很高兴。既吸烟，又驱蚊，太可贵了！再吸几口之后，墙上又发现了臭虫，大概也要搬家，我更高兴了！吸到了半支，何容先生与我也跑出去了，他低声地说："看样子，还得戒烟！"

何容先生二次戒烟，有半天之久。当天的下午，他买来了烟斗与烟叶。"几毛钱的烟叶，够吃三四天的，何必一定戒烟呢！"他说。吸了几天的烟斗，他发现了：（一）不便携带；（二）不用力，抽不到；用力，烟油射在舌头上；（三）费洋火；（四）须天天收拾，麻烦！有此四弊，他就戒烟斗，而又吸上香烟了。"始作卷烟者，其无后乎！"他说。

最近二年，何容先生不知戒了多少次烟了，而指头上始终是黄的。

我的一位国文老师 　　/梁实秋

我在十八九岁的时候,遇见一位国文先生,他给我的印象最深,使我受益也最多,我至今不能忘记他。

先生姓徐,名镜澄,我们给他取的绰号是"徐老虎",因为他凶。他的相貌很古怪,他的脑袋的轮廓是有棱有角的,很容易成为漫画的对象。头很尖,秃秃的,亮亮的,脸形却是方方的,扁扁的,有些像《聊斋志异》绘图中的夜叉的模样。他的鼻子、眼睛、嘴好像是过分的集中在脸上很小的一块区域里。他戴一副墨晶眼镜,银丝小镜框,这两块黑色便成了他脸上最显著的特征。我常给他画漫画,勾一个轮廓,中间点上两块椭圆形的黑块,便惟妙惟肖。他的身材高大,但是两肩总是耸得高高的;鼻尖有一些红,像酒糟的,鼻孔里常藏着两筒清水鼻涕,不时地吸溜着,说一两句话就要用力地吸溜一声,有板有眼有节奏,也有时忘了吸溜,走了板眼,上唇上便亮晶晶的吊出两根玉箸，他用手背一抹。他常穿的是一件灰布长袍，好像是在给谁穿孝，袍子在整洁的阶段时我没有赶得上看见，余生也晚，我看见那袍子的时候即已油渍斑斓。他经常是仰着头，迈着八字步，两眼望青天，嘴撇得瓢儿似的。我很难得看见他笑，如果笑起来，是狞笑，样子更凶。

我的学校是很特殊的。上午的课全是用英语讲授，下午的课全是国语讲授。上午的课很严，三日一问，五日一考，不用功便被淘汰，下午的课稀松，成绩与毕业无关。所以每到下午上国文之类的课程，学生们便不踊跃，课堂上常是稀稀拉拉的不大上座，但教员用拿毛笔的姿势举着铅笔点名的时候，学生却个个都到了，因为一个学生不只答一声到。真到了的学生，一部分是从事午睡，微发鼾声，一部分看小说如《官场现形记》《玉梨魂》之类，一部分写"父母亲大人膝下"式的家书，一部分干脆瞪着大眼发呆，神游八表。有时候逗先生开玩笑。国文先生呢，大部分都是年高有德的，不是榜眼，就是探花，再不就是举人。他们授课不过是奉行公事，乐得敷敷衍衍。在这种糟糕的情形之下，徐老先生之所以凶，老是绷着脸，老是开口就骂人，我想大概是由于正当防卫吧。

有一天，先生大概是多喝了两盅，摇摇摆摆地进了课堂。这一堂是作文，他老先生拿起粉笔在黑板上写了两个字，题目尚未写完，当然照例要吸溜一下鼻涕。就在这吸溜之际，一位性急的同学发问了："这题目怎样讲呀？"老先生转过身来，冷笑两声，勃然大怒："题目还没有写完，写完了当然还要讲，没写完你为什么就要问？……"滔滔不绝地吼叫起来，大家都为之愕然。这时候我可按捺不住了。我一向是个上午捣乱下午安分的学生，我觉得现在受了无理的侮辱，我便挺身分辩了几句。这一下我可惹了祸，老先生把他的怒火都泼在我的头上。他在讲台上来回踱着，吸溜一下鼻涕，骂我一句，足足骂了我一个钟头，其中警句甚多，我至今还记得这样的一句："×××，你是什么东西？我一眼把你望到底！"这一句颇为同学们所传诵。谁和我有点争论遇到纠缠不清的时候，都会引用这一句"你是什么东西？我一眼把你望到底"！当时我看形势不妙，也就没有再多说，让下课铃结束了先生的怒骂。

但是从这一次起，徐先生算是认识我了。酒醒之后，他给我批改作文特别详尽。批改之不足，还特别的当面加以解释。我这一个"一眼望到底"的学生，居然成为一个受益最多的学生了。

徐先生自己选辑教材，有古文，有白话，油印分发给大家。《林琴南致蔡子民书》是他讲得最为眉飞色舞的一篇。此外如吴敬恒的《上下古今谈》、梁启超的《欧游心影录》，以及张东荪的《时事新报》社论,他也选了不少。这样新旧兼收的教材,在当时还是很难得的开通的榜样。我对于国文的兴趣因此而提高了不少。徐先生讲国文之前,先要介绍作者,而且介绍得很亲切,例如他讲张东荪的文字时,便说:"张东荪这个人,我倒和他一桌吃过饭……"这样的话是相当的可以使学生们吃惊的。吃惊的是,我们的国文先生也许不是一个平凡的人吧,否则怎样会能够和张东荪一桌上吃过饭!

徐先生于介绍作者之后,朗诵全文一遍。这一遍朗诵可很有意思。他打着江北的官腔,咬牙切齿地大声读一遍,不论是古文或白话,一字不苟地吟咏一番,好像是演员在背台词,他把文字里的蕴藏着的意义好像都给宣泄出来了。他念得有腔有调,有板有眼,有情感有气势,有抑扬顿挫,我们听了之后,好像是已经理会到原文的意义的一半了。好文章掷地作金石声,那也许是过分夸张,但必须可以朗朗上口,那却是真的。

徐先生之最独到的地方是改作文。普通的批语"清通""尚可""气盛言宜",他是不用的。他最擅长的是用大墨杠子大勾大抹,一行一行的抹,整页整页的勾;洋洋千余言的文章,经他勾抹之后,所余无几了。我初次经此打击,很灰心,很觉得气短,我掏心挖肝的好容易诌出来的句子,轻轻地被他几杠子就给抹了。但是他郑重地给我解释一会,他说:"你拿了去细细

第二章　身旁那么多人，可世界不声不响

的体味，你的原文是软爬爬的，冗长，懒啦光唧的，我给你勾掉了一大半，你再读读看，原来的意思并没有失，但是笔笔都立起来了，虎虎有生气了。"我仔细一揣摩，果然。他的大墨杠子打得是地方，把虚泡囊肿的地方全削去了，剩下的全是筋骨。在这删削之间见出他的功夫。如果我以后写文章还能不多说废话，还能有一点点硬朗挺拔之气，还知道一点"割爱"的道理，就不能不归功于我这位老师的教诲。

徐先生教我许多作文的技巧。他告诉我："作文忌用过多的虚字。"该转的地方，硬转，该接的地方，硬接，文章便显着朴拙而有力。他告诉我，文章的起笔最难，要突兀矫健，要开门见山，要一针见血，才能引人入胜，不必兜圈子，不必说套语。他又告诉我，说理说至难解难分处，来一个譬喻，则一切纠缠不清的论难都迎刃而解了，何等经济，何等手腕！诸如此类的心得，他传授我不少，我至今受用。

我离开先生已将近五十年了，未曾与先生一通音讯，不知他云游何处，听说他已早归道山了。同学们偶尔还谈起"徐老虎"，我于回忆他的音容之余，不禁的还怀着怅惘敬慕之意。

第三章

我们生而孤独，何惧世间荒芜

独处[1]   /沈从文

在我一个自传里，我曾经提到过水给我种种的印象。檐溜，小小的河流，汪洋万顷的大海，莫不对于我有过极大的帮助，我学会用小小脑子去思索一切，全亏得是水，我对于宇宙认识得深一点，也亏得是水。

"孤独一点，在你缺少一切的时节，你就会发现原来还有个你自己。"这是一句真话。我有我自己的生活与思想，可以说是皆从孤独得来的。我的教育，也是从孤独中来的。然而这点孤独，与水不能分开。

年纪六岁七岁时节，私塾在我看来实在是个最无意思的地方。我不能忍受那个逼窄的天地，无论如何总得想出方法到学校以外的日光下去生活。大六月里与一些同街比邻的坏小子，

---

[1] 本篇内容选自《我的写作与水的关系》。——编者注

把书篮用草标各做下了一个记号,搁在本街土地堂的木偶身背后,就撒着手与他们到城外去,钻入高可及身的禾林里,捕捉禾穗上的蚱蜢,虽肩背为烈日所烤炙,也毫不在意。耳朵中只听到各处蚱蜢振翅的声音,全个心思只顾去追逐那种绿色黄色跳跃灵便的小生物。到后看看所得来的东西已尽够一顿午餐了,方到河边去洗净,拾些干草枯枝,用野火来烧烤蚱蜢,把这些东西当饭吃。直到这些小生物完全吃尽后,大家于是脱光了身子,用大石压着衣裤,各自从悬崖高处向河水中跃去。就这样泡在河水里,一直到晚方回家去,挨一顿不可避免的痛打。有时正在绿油油禾田中活动,有时正泡在水里,六月里照例的行雨来了,大的雨点夹着吓人的霹雳同时来到,各人匆匆忙忙逃到路坎旁废碾坊下或大树下去躲避。雨落得久一点,一时不能停止,我必一面望着河面的水泡,或树枝上反光的叶片,想起许多事情。所捉的鱼逃了,所有的衣湿了,河面溜走的水蛇,叮固在大腿上的蚂蟥,碾坊里的母黄狗,挂在转动不已大水车上的起花人肠子,因为雨,制止了我身体的活动,心中便把一切看见的经过的皆记忆温习起来了。

也是同样的逃学,有时阴雨天气,不能向河边走去,我便上山或到庙里去,在庙前庙后树林或竹林里,爬上了这一株,到上面玩玩后,又溜下来爬另外一株。若爬的是竹子,必在上

第三章 我们生而孤独，何惧世间荒芜

面摇荡一会，爬的是树木，则看看上面有无鸟巢或啄木鸟孵卵的孔穴。雨落大了，再不能做这种游戏时，就坐在楠木树下或庙门前石阶上看雨。既还不是回家的时候，一面看雨一面自然就需要温习那些过去的经验，这个日子方能发遣开去。雨落得越长，人也就越寂寞。在这时节想到一切好处也必想到一切坏处。那么大的雨，回家去说不定还得全身弄湿，不由得有点害怕起来，不敢再想了。我于是走到庙廊下去为做丝线的人牵丝，为制棕绳的人摇绳车。这些地方每天照例有这种工人做工，而且这种工人照例又还是我很熟悉的人。也就因为这种雨，无从掩饰我的劣行，回到家中时，我便更容易被罚跪在仓屋中。在那间空洞寂寞的仓屋里，听着外面檐溜滴沥声，我的想象力却更有了一种很好的训练机会。我得用回想和幻想补充我所缺少的饮食，安慰我所得到的痛苦。我因恐怖得去想一些不使我再恐怖的生活，我因孤寂又得去想一些热闹事情方不至于过分孤寂。

到十五岁以后，我的生活同一条辰河无从离开。我在那条河流边住下的日子约五年。这一大堆日子中我差不多无日不与河水发生关系。走长路皆得住宿到桥边与渡头，值得回忆的哀乐人事常是湿的。至少我还有十分之一的时间，是在那条河水正流与支流各样船只上消磨的。从汤汤流水上，我明白了多少

人事，学会了多少知识，见过了多少世界！我的想象是在这条河水上扩大的。我把过去生活加以温习，或对于未来生活有何安排时，必依赖这一条河水。这条河水有多少次差一点儿把我攫去，又幸亏它的流动，帮助我做着那种横海扬帆的远梦，方使我能够依然好好地在这人世中过着日子！

再过五年，我手中的一支笔，居然已能够尽我自由运用了。我虽离开了那条河流，我所写的故事，却多数是水边的故事。故事中我所最满意的文章，常用船上水上作为背景。我故事中人物的性格，全为我在水边船上所见到的人物性格。我文字中一点忧郁气氛，便因为被过去十五年前南方的阴雨天气影响而来。我文字风格，假若还有些值得注意处，那只因为我记得水上人的言语太多了。

再过五年后，我的住处已由干燥的北京移到一个明朗华丽的海边。海边既那么宽泛无涯无际，我对人生远景凝眸的机会便较多了些。海边既那么寂寞，它培养了我的孤独心情。海放大了我的感情与希望，且放大了我的人格。

晨梦　　/丰子恺

我常常在梦中晓得自己做梦。晨间,将醒未醒的时候,这种情形最多,这不是我一人独有的奇癖,讲出来常常有人表示同感。

近来我尤多经验这种情形:我妻到故乡去作长期的归宁,把两个小孩子留剩在这里,交托我管。我每晚要同他们一同睡觉。他们先睡,九点钟定静,我开始读书、作文,往往过了半夜,才钻进他们的被窝里。天一亮,小孩子就醒,像鸟儿地在我耳边喧聒,又不绝地催我起身。然这时候我正在晨梦,一面隐隐地听见他们的喧聒,一面作梦中的遨游。他们叫我不醒,将嘴巴合在我的耳朵上,大声疾呼:"爸爸!起身了!"立刻把我从梦境里拉出。有时我的梦正达于兴味的高潮,或还没有告段落,就回他们话,叫他们再唱一曲歌,让我睡一歇,连忙蒙上被头,继续进行我的梦游。这的确会继续进行,甚且打断两三次也不妨。不过那时候的情形很奇特：一面寻找梦的头绪，继续演进，一面又能隐隐地听见他们的唱歌声的断片。即一面在热心地做梦中的事，一面又知道这是虚幻的梦。有梦游的假我，同时又有伴小孩子睡着的真我。

但到了孩子大哭，或梦完结了的时候，我也就毅然地起身了。披衣下床，"今日有何要务"的真我的正念凝集心头的时候，梦中的妄念立刻被排出意外，谁还留恋或计较呢？

"人生如梦"，这话是古人所早已道破的，又是一切人所痛感而承认的。那么我们的人生，都是——同我的晨梦一样——在梦中晓得自己做梦的了。这念头一起，疑惑与悲哀的感情就支配了我的全体，使我终于无可自解，无可自慰。往往没有穷究的勇气，就把它暂搁在一旁，得过且过地过几天再说。这想来也不是我一人的私见，讲出来一定有许多人表示同感吧！

因为这是众目昭彰的一件事：无穷大的宇宙间的七尺之躯，与无穷久的浩劫中的数十年，而能上穷星界的秘密，下探大地的宝藏，建设诗歌的美丽的国土，开拓哲学的神秘的境地。然而一到这脆弱的躯壳损坏而朽腐的时候，这伟大的心灵就一去无迹，永远没有这回事了。这个"我"的儿时的欢笑，青年的憧憬，中年的哀乐、名誉、财产、恋爱……在当时何等认真，何等郑重；然而到了那一天，全没有"我"的一回事了！哀哉，"人生如梦"！

第三章　我们生而孤独，何惧世间荒芜

然而回看人世，又觉得非常诧异：在我们以前，"人生"已被反复了数千万遍，都像昙花泡影地倏现倏灭。大家一面明明知道自己也是如此，一面却又置若不知，毫不怀疑地热心做人。——做官的热心办公，做兵的热心体操，做商的热心算盘，做教师的热心上课，做车夫的热心拉车，做厨房的热心烧饭……还有做学生的热心求知识，以预备做人——这明明是自杀，慢性的自杀！

这便是为了人生的饱暖的愉快、恋爱的甘美、结婚的幸福、爵禄富厚的荣耀，把我们骗住，致使我们无暇回想，流连忘返，得过且过，提不起穷究人生的根本的勇气，糊涂到死。

"人生如梦！"不要把这句话当作文学上的装饰的丽句！这是当头的棒喝！古人所道破，我们所痛感而承认的。我们的人生的大梦，确是——同我的晨梦一样——在梦中晓得自己做梦的。我们一面在热心地做梦中的事，一面又知道这是虚幻的梦。我们有梦中的假我，又有本来的"真我"。我们毅然起身，披衣下床，真我的正念凝集于心头的时候，梦中的妄念立刻被置之一笑，谁还留恋或计较呢？

同梦的朋友们！我们都有"真我"的，不要忘记了这个"真我"，而沉酣于虚幻的梦中！我们要在梦中晓得自己做梦，而常常找寻这个"真我"的所在。

旧

/梁实秋

"我爱一切旧的东西——老朋友,旧时代,旧习惯,古书,陈酿;而且我相信,陶乐赛,你一定也承认我一向是很喜欢一位老妻。"这是高尔斯密的名剧《委曲求全》(*She Stoops to Conquer*)中那位守旧的老头儿哈德卡索先生说的话。他的夫人陶乐赛听了这句话,心里有一点高兴,这风流的老头子还是喜欢她,但是也不是没有一点愠意,因为这一句话的后半段说穿了她的老。这句话的前半段没有毛病,他个人有此癖好,干别人什么事?而且事实上有很多人颇具同感,也觉一切东西都是旧的好,除了朋友、时代、习惯、书、酒之外,有数不尽的事物都是越老越古越旧越陈越好。所以有人把这半句名言用花体正楷字母抄了下来,装在玻璃框里,挂在墙上,那意思好像是在向喜欢除旧布新的人挑战。

俗语说:"人不如故,衣不如新。"其实,衣着之类还是旧

第三章 我们生而孤独,何惧世间荒芜

的舒适。新装上身之后,东也不敢坐,西也不敢靠,战战兢兢。我看见过有人全神贯注在他的新西装裤管上的那一条直线,坐下之后第一桩事便是用手在膝盖处提动几下,生恐膝部把他的笔直的裤管撑得变成了口袋。人生至此,还有什么趣味可说!看见过爱因斯坦的小照么?他总是披着那一件敞着领口胸怀的松松大大的破夹克,上面少不了烟灰烧出的小洞,更不会没有一片片的汗斑油渍,但是他在这件破旧衣裳遮盖之下优哉游哉的神游于太虚之表。《世说新语》记载着:"桓车骑不好着新衣,浴后妇故送新衣与,车骑大怒,催使去,妇更持还,传语云,'衣不经新,何由而故?'桓公大笑着之。"桓冲真是好说话,他应该说:"有旧衣可着,何用新为?"也许他是为了保持阃内安宁,所以才一笑置之。"杀头而便冠"的事情我还没有见过;但是"削足而适履"的行为,则颇多类似的例证。一般人穿的鞋,其制作设计很少有顾到一只脚是有五个趾头的,穿这样的鞋虽然无需"削"足,但是我敢说五个脚趾绝对缺乏生存空间。有人硬是觉得,新鞋不好穿,敝屣不可弃。

"新屋落成"金圣叹列为"不亦快哉"之一,快哉尽管快哉,随后那"树小墙新"的一段暴发气象却是令人难堪。"欲存老盖千年意,为觅霜根数寸栽",但是需要等待多久!一栋建筑要等到相当破旧,才能有"树林阴翳,鸟声上下"之趣,才能

有"苔痕上阶绿,草色入帘青"之乐。西洋的庭园,不时地要剪草,要修树,要打扮得新鲜耀眼,我们的园艺的标准显然的有些不同,即使是帝王之家的园囿也要在亭阁楼台画栋雕梁之外安排一个"濠濮间""谐趣园",表示一点点陈旧古老的萧瑟之气。至于讲学的上庠,要是墙上没有多年蔓生的常春藤,基脚上没有远年积留的苔藓,那还能算是第一流么?

旧的事物之所以可爱,往往是因为它有内容,能唤起人的回忆。例如,阳历尽管是我们正式采用的历法,在民间则阴历仍不能废,每年要过两个新年,而且只有在旧年才肯"新桃换旧符"。明知地处亚热带,仍然未能免俗要烟熏火燎地制造常常带有尸味的腊肉。端午节的龙舟粽子是不可少的,有几个人想到那"露才扬己怨怼沉江"的屈大夫?还不是旧俗相因虚应故事?中秋赏月,重九登高,永远一年一度地引起人们的不可磨灭的兴味。甚至腊八的那一锅粥,都有人难以忘怀。至于供个人赏玩的东西,当然是越旧越有意义。一把宜兴砂壶,上面有陈曼生制铭镌句,纵然破旧,气味自然高雅。"椟蒲锦背元人画,金粟笺装宋版书",更是足以使人超然远举,与古人游。我有古钱一枚,"临安府行用,准三百文省",把玩之余不能不联想到南渡诸公之观赏西湖歌舞。我有胡桃一对,祖父常常放在手里揉动,嘎咯嘎咯地作响,后来又在我父亲手里揉动,也嘎

第三章 我们生而孤独,何惧世间荒芜

咯噶咯地响了几十年,圆滑红润,有如玉髓,真是先人手泽,现在轮到我手里噶咯噶咯地响了,好几次险些儿被我的儿孙辈敲碎取出桃仁来吃!每一个破落户都可以拿出几件旧东西来,这是不足为奇的事。国家亦然。多少衰败的古国都有不少的古物,可以令人惊羡、欣赏、感慨、唏嘘!

旧的东西之可留恋的地方固然很多,人生之应该日新又新的地方亦复不少。对于旧日的典章文物我们尽管欢喜赞叹,可是我们不能永远盘桓在美好的记忆境界里,我们还是要回到这个现实的地面上来。在博物馆里我们面对商周的吉金,宋元明的书画瓷器,可是溜酸双腿走出门外便立刻要面对挤死人的公共汽车,丑恶的市招和各种饮料一律通用的玻璃杯!

旧的东西大抵可爱,唯旧病不可复发。诸如夜郎自大的脾气、奴隶制度的残余、懒惰自私的恶习、蝇营狗苟的丑态、畸形病态的审美观念,以及罄竹难书的诸般病症,皆以早去为宜。旧病才去,可能新病又来,然而总比旧疴新恙一时并发要好一些。最可怕的是,倡言守旧,其实只是迷恋骸骨;唯新是骛,其实只是摭拾皮毛,那便是新旧之间两俱失之了。

谈时间 /梁实秋

希腊哲学家 Diogenes 经常睡在一只瓦缸里,有一天亚历山大皇帝走去看他,以皇帝的惯用口吻问他:"你对我有什么请求吗?"这位玩世不恭的哲人翻了翻白眼,答道:"我请求你走开一点,不要遮住我的阳光。"

这个家喻户晓的小故事,究竟涵义何在,恐怕见仁见智,各有不同的看法。我们通常总是觉得那位哲人视尊荣犹敝屣,富贵如浮云,虽然皇帝驾到,殊无异于等闲之辈,不但对他无所希冀,而且亦不必特别的假以颜色。可是约翰逊博士有另一种看法,他认为应该注意的是那阳光,阳光不是皇帝所能赐予的,所以请求他不要把他所不能赐予的夺了去。这个请求不能算奢,却是用意深刻。因此约翰逊博士由"光阴"悟到"时间",时间也者,虽然也是极为宝贵,却也是常常被人劫夺的。

"人生不满百",大致是不错的。当然,老而不死的人,不

第三章　我们生而孤独，何惧世间荒芜

是没有，不过期颐以上不是一般人所敢想望的，数十寒暑当中，睡眠去了很大一部分。苏东坡所谓"睡眠去其半"，稍嫌有点夸张，大约三分之一左右总是有的。童蒙一段时期，说它是天真未凿也好，说它是昏昧无知也好，反正是浑浑噩噩，不知不觉；及至寿登耄耋，老悖聋瞑，甚至"佳丽当前，未能缱绻"，比死人多一口气，也没有多少生趣可言。掐头去尾，人生所余无几。就是这短暂的一生，时间亦不见得能由我们自己支配。约翰逊博士所抱怨的那些不速之客，动辄登门拜访，不管你正在怎样忙碌，他觉得宾至如归，这种情形固然令人啼笑皆非，我觉得究竟不能算是怎样严重的"时间之贼"。他只是在我们的有限的资本上抽取一点捐税而已。我们的时间之大宗的消耗，怕还是要由我们自己负责。

有人说："时间即生命。"也有人说："时间即金钱。"二说均是，因为有人根本认为金银即生命。不过细想一下，有命斯有财，命之不存，财于何有？要钱不要命者，固然实繁有徒，但是舍财不舍命，仍然是较聪明的办法。所以《淮南子》说："圣人不贵尺之璧而重寸之阴，时难得而易失也。"我们幼时，谁没有作过"惜阴说"之类的课艺？可是谁又能趁早体会到时间之"难得而易失"？我小的时候，家里请了一位教师，书房上有一座钟，我和我的姊姊常乘教师不注意的时候把时针往前拨

快半个钟头,以便提早放学,后来被老师觉察了,他用朱笔在窗户纸上的太阳阴影画一痕记,作为放学的时刻,这才息了逃学的念头。

时光不断地在流转,任谁也不能攀住它停留片刻。"逝者如斯夫,不舍昼夜!"我们每天撕一张日历,日历越来越薄,快要撕完的时候便不免矍然以惊,惊的是又临岁晚,假使我们把几十册日历装为合订本,那便象征我们的全部的生命,我们一页一页地往下扯,该是什么样的滋味呢?"冬天一到,春天还会远吗?"可是你一共能看见几次冬尽春来呢?

不可挽住的就让它去吧!问题在,我们所能掌握的尚未逝去的时间,如何去打发它,梁任公先生最恶闻"消遣"二字,只有活得不耐烦的人才忍心的去"杀时间"。他认为一个人要做的事太多,时间根本不够用,哪里还有时间可供消遣?不过打发时间的方法,亦人各不同、士各有志。乾隆皇帝下江南,看见运河上舟楫往来,熙熙攘攘,顾问左右:"他们都在忙些什么?"和珅侍卫在侧,脱口而出:"无非'名利'二字。"这答案相当正确,我们不可以人废言。不过三代以下唯恐其不好名,大概"名利"二字当中还是利的成分大些。"人为财死,鸟为食亡。"时间即金钱之说仍属不诬。诗人渥资华斯[①]有句:

---

① 英国浪漫主义诗人,现一般译为华兹华斯。——编者注

第三章 我们生而孤独，何惧世间荒芜

尘世耗用我们的时间太多了，
夙兴夜寐，赚钱挥霍，把我们的精力都浪费掉了。

所以有人宁可遁迹山林，享受那清风明月，"侣鱼虾而友麋鹿"，过那高蹈隐逸的生活。诗人济慈宁愿长时间地守着一株花，看那花苞徐徐展瓣，以为那是人间至乐；嵇康在大树底下扬锤打铁，"浊酒一杯，弹琴一曲"；刘伶"止则操卮执觚，动则挈榼提壶"，一生中无思无虑其乐陶陶。这又是一种颇不寻常的方式。最彻底的超然的例子是《传灯录》所记载的"南泉师问陆亘：'大夫十二时中作么生？'陆曰：'寸丝不挂！'""寸丝不挂"即是了无挂碍之谓，"本来无一物，何处染尘埃？"这境界高超极了，可以说是"以天地为一朝，万期为须臾"，根本不发生什么时间问题。

人，诚如波斯诗人莪谟伽耶玛①所说，来不知从何处来，去不知向何处去，来时并非本愿，去时亦未征得同意，糊里糊涂地在世间逗留一段时间。在此期间内，我们是以心为形役呢？还是立德立功立言以求不朽呢？还是参究生死直超三界呢？这大主意需要自己拿。

---

① 波斯诗人，现一般译为莪默·伽亚谟。——编者注

谈幽默　　/梁实秋

幽默是humour的音译，译得好，音义兼顾，相当传神，据说是林语堂先生的手笔。不过幽默二字，也是我们古文学中的现成语。《楚辞·九章·怀沙》："昫兮杳杳，孔静幽默。"幽默是形容山高谷深荒凉幽静的意思，幽是深，默是静。我们现在所要谈的幽默，正是意义深远耐人寻味的一种气质，与成语幽默二字所代表的意思似乎颇为接近。现在大家提起幽默，立刻想起原来幽默二字的意思了。

幽默一语所代表的那种气质，在西方有其特定的意义与历史。据古代生理学，人体有四种液体：血液、黏液、黄胆液、黑胆液。这些液体名为幽默（humours），与四元素有密切关联。血似空气，湿热；黄胆液似火，干热；黏液似水，湿冷；黑胆液似土，干冷。某些元素在某一种液体中特别旺盛，或几种液体之间失去平衡，则人生病。液体蒸发成气，上升至脑，于是人之体格上的、心理上的、道德上的特点于以形成，是之谓他的脾气性格，或径名之曰他的幽默。完好的性格是没有一种幽默主宰他。乐天派的人是血气旺，善良愉快而多情。胆气粗的人易怒、焦急、顽梗、记仇。黏性人迟钝，面色苍白、怯懦。忧郁的人贪吃、畏缩、多愁善感。

幽默之反常状态能进一步导致夸张的特点。在英国伊丽莎白时代，幽默一词成了人的"性格"（disposition）的代名词，继而成了"情绪"（mood）的代名词。到了1600年，常以幽默作为人物分类的准绳。从18世纪初起，英语中的幽默一语专用于语文中之足以引人发笑的一类。幽默作家常是别具只眼，能看出人类行为之荒谬、矛盾、滑稽、虚伪、可哂之处，从而以犀利简洁之方式一语点破。幽默与警语（wit）不同，前者出之以同情委婉之态度，后者出之以尖锐讽刺之态度，而二者又常不可分辨。例如莎士比亚创造的人物之中，孚斯塔夫①滑稽突梯，妙语如珠，便是混合了幽默与警语之最好的榜样之一。

幽默一词虽然是英译，可是任何民族都自有其幽默。常听人说我们中国人缺乏幽默感。在以儒家思想为正统的社会里，幽默可能是不被鼓励的，但是我们看《诗经·卫风·淇奥》："善戏谑兮，不为虐兮。"谑而不虐仍不失为美德。东方朔、淳于髡，都是滑稽之雄。太史公曰："天道恢恢，岂不大哉？谈言

---

① 现一般译为福斯塔夫。——编者注

微中，亦可以解纷。"为立《滑稽列传》。

较之西方文学，我们文学中的幽默成分并不晚出，也并未被轻视。宋元明理学大盛，教人正心诚意居敬穷理，好像容不得幽默存在，但是文学作家，尤其是戏剧与小说的作者，在编写行文之际从来没有舍弃幽默的成分。几乎没有一部小说没有令人绝倒的人物，几乎没有一出戏没有小丑插科打诨。至于明末流行的笑话书之类，如冯梦龙《笑府序》所谓"古今世界一大笑府，我与若皆在其中供话柄，不话不成人，不笑不成话，不笑不话不成世界"，直把笑话与经书子史相提并论，更不必说了。我们中国人不一定比别国人缺乏幽默感，不过表现的方式容或不同罢了。

我们的国语只有四百二十个音缀，而语词不下四千（高本汉这样说）。这就是说，同音异义的字太多，然而这正大量提供了文字游戏的机会。例如诗词里"晴""情"二字相关，俗话中生熟的"生"与生育的"生"二字相关，都可以成为文字游戏。能说这是幽默吗？在英国文学里，双关语（pun）太多了，在16世纪时还成了一种时尚，为雅俗所共赏。文字游戏不是上乘的幽默，灵机触动，偶一为之，尚无不可，滥用就惹人厌。幽默的精义在于其中所含的道理，而不在于舞文弄墨博人一粲。

所以善幽默者，所谓幽默作家（humourists），其人必定博学多识，而又悲天悯人，洞悉人情世故，自然地谈唾珠玑①，令人解颐。英小说家萨克莱②于1851年做一连串演讲，《英国18世纪幽默作家》，刊于1853年，历述绥夫特③、斯特恩等的思想文字，着重点皆在于其整个的人格，而不在于其支离琐碎的妙语警句。幽默引人笑，引人笑者并不一定就是幽默。人的幽默感是天赋的，多寡不等，不可强求。

王尔德游美，海关人员问他有没有应该申报纳税的东西，他说："没有什么可申报的，除了我的天才之外。"这回答很幽默也很自傲。他可以这样说，因为他确是有他一分的天才。别人不便模仿他。我们欣赏他这句话，不是欣赏他的恃才傲物，是欣赏他讽刺了世人重财物而轻才智的陋俗的眼光。我相信他事前没有准备，一时兴到，乃脱口而出，语妙天下，讥嘲与讽刺常常有幽默的风味，中外皆然。

我有一次为文，引述了一段老的故事：某寺僧向人怨诉送往迎来不胜其烦，人劝之曰："尘劳若是，何不出家？"稿成，投寄某刊物，刊物主编以为我有笔误，改"何不出家"为"何必出家"，一字之差，点金成铁。他没有意会到，反语（irony）也往往是幽默的手段。

---

① 疑为咳唾珠玑。——编者注
② 现一般译为萨克雷。——编者注
③ 现一般译为斯威夫特。——编者注

自己的园地 /周作人

在一百五十年前,法国的福禄特尔①作了一本小说《亢迭特》(*Candide*)②,叙述人世的苦难,嘲笑"全舌博士"的乐天哲学。亢迭特与他的老师全舌博士经了许多忧患,终于在土耳其的一角里住下,种园过活,才能得到安住。亢迭特对于全舌博士的始终不渝的乐天说,下结论道:"这些都是很好,但我们还不如去耕种自己的园地。"这句格言现在已经是"脍炙人口",意思也很明白,不必再等我下什么注脚。但是我现在把他抄来,却有一点别的意义。所谓自己的园地,本来是范围很宽,并不限定于某一种:种果蔬也罢,种药材也罢——种蔷薇地丁也罢,只要本了他个人的自觉,在他认定的不论大小的地面上,

---

① 现一般译为伏尔泰。——编者注
② 也被译为《老实人》。——编者注

尽了力量去耕种，便都是尽了他的天职了。在这平淡无奇的谈话中间，我所想要特地申明的，只是在于种蔷薇地丁也是耕种我们自己的园地，与种果蔬药材，虽是种类不同而有同一的价值。

我们自己的园地是文艺，这是要在先声明的。我并非鄙薄别种活动而不屑为——我平常承认各种活动于生活都是必要；实在是小半由于没有这样的才能，大半由于缺少这样的趣味，所以不得不在这中间定一个去就。但我对于这个选择并不后悔，并不惭愧地面的小与出产的薄弱而且似乎无用。依了自己的心的倾向，去种蔷薇地丁，这是尊重个性的正当办法，即使如别人所说各人果真应报社会的恩，我也相信已经报答了，因为社会不但需要果蔬药材，却也一样迫切的需要蔷薇与地丁——如有蔑视这些的社会，那便是白痴的，只有形体而没有精神生活的社会，我们没有去顾视他的必要。倘若用了什么名义，强迫了牺牲了个性去侍奉白痴的社会——美其名曰迎合社会的心理——那简直与借了伦常之名强人忠君，借了国家之名强人战争一样的不合理了。

有人说道，据你所说，那么你所主张的文艺，一定是人生派的艺术了。泛称人生派的艺术，我当然是没有什么反对，但是普通所谓人生派是主张"为人生的艺术"的，对于这个我却有一点意见。"为艺术的艺术"将艺术与人生分离,并且将人生附属于艺术,至于如王尔德的提倡人生之艺术化,固然不很妥当;"为人生的艺术"以艺术附属于人生,将艺术当作改造生活的工具而非终极,也何尝不把艺术与人生分离呢?我以为艺术当然是人生的,因为他本是我们感情生活的表现,叫他怎能与人生分离?"为人生"——于人生有实利,当然也是艺术本有的一种作用,但并非唯一的职务。总之艺术是独立的,却又原来是人性的,所以既不必使他隔离人生,又不必使他服侍人生,只任他成为浑然的人生的艺术便好了。"为艺术"派以个人为艺术的工匠,"为人生"派以艺术为人生的仆役;现在却以个人为主人,表现情思而成艺术,即为其生活之一部,初不为福利他人而作,而他人接触这艺术,得到一种共鸣与感兴,使其精神生活充实而丰富,又即以为实生活的基本;这是人生的艺术的要点,有独立的艺术美与无形的功利。我所说的蔷薇地丁的种作,便是如此:有些人种花聊以消遣,有些人种花志在卖钱,真种花者以种花为其生活,——而花亦未尝不美,未尝于人无益。

沉默 　/周作人

　　林玉堂①先生说，法国一个演说家劝人缄默，成书三十卷，为世所笑，所以我现在做讲沉默的文章，想竭力节省，以原稿纸三张为度。

　　提倡沉默从宗教方面讲来，大约很有材料，神秘主义里很看重沉默，美忒林克便有一篇极妙的文章。但是我并不想这样做，不仅因为怕有拥护宗教的嫌疑，实在是没有这种知识与才力。现在只就人情世故上着眼说一说罢。

　　沉默的好处第一是省力。中国人说，多说话伤气，多写字伤神。不说话不写字大约是长生之基，不过平常人总不易做到。那么一时的沉默也就很好，于我们大有裨益。三十小时草成一篇宏文，连睡觉的时光都没有，第三天必要头痛；演说家在讲

---

① 即林语堂。——编者注

台上呼号两点钟，难免口干喉痛，不值得甚矣。若沉默，则可无此种劳苦——虽然也得不到名声。

沉默的第二个好处是省事。古人说"口是祸门"，关上门，贴上封条，祸便无从发生，（"闭门家里坐，祸从天上来。"那只算是"空气传染"，又当别论。）此其利一。自己想说服别人，或是有所辩解，照例是没有什么影响，而且愈说愈是渺茫，不如及早沉默，虽然不能因此而说服或辩明，但至少是不会增添误会。又或别人有所陈说，在这面也照例不很能理解，极不容易答复，这时候沉默是适当的办法之一。古人说不言是最大的理解，这句话或者有深奥的道理，据我想则在我至少可以藏过不理解，而在他也就可以有猜想被理解了之自由。沉默之好处的好处，此其二。

善良的读者们，不要以我为太玩世（cynical）了罢？老实说，我觉得人之互相理解是至难——即使不是不可能的事，而表现自己之真实的感情思想也是同样的难。我们说话作文，听别人的话，读别人的文，以为互相理解了，这是一个聊以自娱的如意的好梦，好到连自己觉到了的时候也还不肯立即承认，知道是梦了却还想在梦境中多流连一刻。其实我们这样说话作文无非只是想这样做，想这样聊以自娱，如其觉得没有什么可娱，那么尽可简单地停止。我们在门外草地上翻几个筋斗，想

第三章 我们生而孤独,何惧世间荒芜

象那对面高楼上的美人看着,(明知她未必看见,)很是高兴,是一种办法;反正她不会看见,不翻筋斗了,且卧在草地上看云罢,这也是一种办法。两者都是对的,我这回是在做第二个题目罢了。

我是喜欢翻筋斗的人,虽然自己知道翻得不好。但这也只是不巧妙罢了,未必有什么害处,足为世道人心之忧。不过自己的评语总是不大靠得住的,所以在许多知识阶级的道学家看来,我的筋斗都翻得有点不道德,不是这种姿势足以坏乱风俗,便是这个主意近于妨害治安。这种情形在中国可以说是意表之内的事,我们也并不想因此而变更态度,但如民间这种倾向到了某一程度,翻筋斗的人至少也应有想到省力的时候了。三张纸已将写满,这篇文应该结束了,我费了三张纸来提倡沉默,因为这是对于现在中国的适当办法。——然而这原来只是两种办法之一,有时也可以择取另一办法:高兴的时候弄点小把戏,"借资排遣"。将来别处看有什么机缘,再来噪聒,也未可知。

论自己 /朱自清

翻开辞典,"自"字下排列着数目可观的成语,这些"自"字多指自己而言。这中间包括着一大堆哲学,一大堆道德,一大堆诗文和废话,一大堆人,一大堆我,一大堆悲喜剧。自己"真乃天下第一英雄好汉",有这么些可说的,值得说值不得说的!难怪纽约电话公司研究电话里最常用的字,在五百次通话中会发现三千九百九十次的"我"。这"我"字便是自己称自己的声音,自己给自己的名儿。

自爱自怜!真是天下第一英雄好汉也难免的,何况区区寻常人!冷眼看去,也许只觉得那妄自尊大狂妄得可笑;可是这只见了真理的一半儿。掉过脸儿来,自爱自怜确也有不得不自爱自怜的。幼小时候有父母爱怜你,特别是有母亲爱怜你。到了长大成人,"娶了媳妇儿忘了娘",娘这样看时就不必再爱怜你,至少不必再像当年那样爱怜你。——女的呢,"嫁出门的女

第三章 我们生而孤独，何惧世间荒芜

儿，泼出门的水"；做母亲的虽然未必这样看，可是形格势禁而且鞭长莫及，就是爱怜得着，也只算找补点罢了。爱人该爱怜你？然而爱人们的嘴一例是甜蜜的，谁能说"你泥中有我，我泥中有你！"真有那么回事儿？赶到爱人变了太太，再生了孩子，你算成了家，太太得管家管孩子，更不能一心儿爱怜你。你有时候会病，"久病床前无孝子"，太太怕也够倦的，够烦的。住医院？好，假如有运气住到像当年北平协和医院样的医院里去，倒是比家里强得多。但是护士们看护你，是服务，是工作；也许夹上点儿爱怜在里头，那是"好生之德"，不是爱怜你，是爱怜"人类"。——你又不能老待在家里，一离开家，怎么着也算"作客"；那时候更没有爱怜你的。可以有朋友招呼你；但朋友有朋友的事儿，哪能教他将心常放在你身上？可以有属员或仆役伺候你，那——说得上是爱怜么？总而言之，天下第一爱怜自己的，只有自己；自爱自怜的道理就在这儿。

再说，"大丈夫不受人怜。"穷有穷干，苦有苦干；世界那么大，凭自己的身手，哪儿就打不开一条路？何必老是向人愁眉苦脸唉声叹气的！愁眉苦脸不顺耳，别人会来爱怜你？自己免不了伤心的事儿，咬紧牙关忍着，等些日子，等些年月，会平静下去的。说说也无妨，只别不拣时候不看地方老是向人叨叨，叨叨得谁也不耐烦地岔开你或者躲开你。也别怨天怨地将

一大堆感叹的句子向人身上扔过去。你怨的是天地，倒碍不着别人，只怕别人奇怪你的火气怎么这样大。——自己也免不了吃别人的亏。值不得计较的，不做声吞下肚去。出入大的想法子复仇，力量不够，卧薪尝胆地准备着。可别这儿那儿尽嚷嚷——嚷嚷完了一扔开，倒便宜了那欺负你的人。"好汉胳膊折了往袖子里藏"，为的是不在人面前露怯相，要人爱怜这"苦人儿"似的，这是要强，不是装。说也怪，不受人怜的人倒是能得人怜的人；要强的人总是最能自爱自怜的人。

大丈夫也罢，小丈夫也罢，自己其实是渺乎其小的，整个儿人类只是一个小圆球上一些碳水化合物，像现代一位哲学家说的，别提一个人的自己了。庄子所谓马体一毛，其实还是放大了看的。英国有一家报纸登过一幅漫画，画着一个人，仿佛在一间铺子里，周遭陈列着从他身体里分析出来的各种原素，每种标明分量和价目，总数是五先令——那时合七元钱。现在物价涨了，怕要合国币一千元了罢？然而，个人的自己也就值区区这一千元儿！自己这般渺小，不自爱自怜着点又怎么着！然而，"顶天立地"的是自己，"天地与我并生，万物与我为一"的也是自己；有你说这些大处只是好听的话语，好看的文句？你能愣说这样的自己没有！有这么的自己，岂不更值得自爱自

第三章 我们生而孤独，何惧世间荒芜

怜的？再说自己的扩大，在一个寻常人的生活里也可见出。且先从小处看。小孩子就爱搜集各国的邮票，正是在扩大自己的世界。从前有人劝学世界语，说是可以和各国人通信。你觉得这话幼稚可笑？可是这未尝不是扩大自己的一个方向。再说这回抗战，许多人都走过了若干地方，增长了若干阅历。特别是青年人身上，你一眼就看出来，他们是和抗战前不同了，他们的自己扩大了。——这样看，自己的小，自己的大，自己的由小而大。在自己都是好的。

自己都觉得自己好，不错；可是自己的确也都爱好。做官的都爱做好官，不过往往只知道爱做自己家里人的好官，自己亲戚朋友的好官；这种好官往往是自己国家的贪官污吏。做盗贼的也都爱做好盗贼——好喽啰、好伙伴、好头儿，可都只在贼窝里。有大好，有小好，有好得这样坏。自己关闭在自己的丁点大的世界里，往往越爱好越坏。所以非扩大自己不可。但是扩大自己得一圈儿一圈儿的，得充实，得踏实。别像肥皂泡儿，一大就裂。"大丈夫能屈能伸"，该屈的得屈点儿，别只顾伸出自己去。也得估计自己的力量。力量不够的话，"人一能之，己百之，人十能之，己千之"；得寸是寸，得尺是尺。总之路是有的。看得远，想得开，把得稳；自己是世界的时代的一

环,别脱了节才真算好。力量怎样微弱,可是是自己的。相信自己,靠自己,随时随地尽自己的一份儿往最好里做去,让自己活得有意思,一时一刻一分一秒都有意思。这么着,自爱自怜才真是有道理的。

第四章

生活是一万次的春和景明

草木虫鱼鸟兽 　　/汪曾祺

雁

"爬山调"："大雁南飞头朝西……"

诗人韩燕如告诉我,他曾经用心观察过,确实是这样。他惊叹草原人民对生活的观察的准确而细致。他说："生活!生活!……"

为什么大雁南飞要头朝着西呢?草原上的人说这是依恋故土。"爬山调"是用这样的意思作比喻和起兴的。

"大雁南飞头朝西……"

河北民歌："八月十五雁门开,孤雁头上带霜来……"

"孤雁头上带霜来",这写得多美呀!

生命以痛吻我,我却报之以歌

琥珀

我在祖母的首饰盒子里找到一个琥珀扇坠。一滴琥珀里有一只小黄蜂。琥珀是透明的,从外面可以清清楚楚地看到黄蜂。触须、翅膀、腿脚,清清楚楚,形态如生,好像它还活着。祖母说,黄蜂正在乱动,一滴松脂滴下来,恰巧把它裹住。松脂埋在地下好多年,就成了琥珀。祖母告诉我,这样的琥珀并非罕见,值不了多少钱。

后来我在一个宾馆的小卖部看到好些人造琥珀的首饰。各种形状的都有,都琢治得很规整,里面也都压着一个昆虫。有一个项链上的淡黄色的琥珀片里竟至压着一只蜻蜓。这些昆虫都很完整,不缺腿脚,不缺翅膀,但都是僵直的,缺少生气。显然这些昆虫是弄死了以后,精心地,端端正正地压在里面的。

我不喜欢这种里面压着昆虫的人造琥珀。

我的祖母的那个琥珀扇坠之所以美,是因为它是偶然形成的。

美,多少要包含一点偶然。

第四章　生活是一万次的春和景明

瓢虫

瓢虫有好几种，外形上的区别是鞘翅上有多少星点。这种星点，昆虫学家谓之"星"。有七星瓢虫，十四星瓢虫，二十星瓢虫……。有的瓢虫是益虫，它吃蚜虫，是蚜虫的天敌；有的瓢虫是害虫，吃马铃薯的嫩芽。

瓢虫的样子是差不多的。

中国画里很早就有画瓢虫的了。通红的一个圆点，在绿叶上，很显眼，使画面增加了生趣。

齐白石爱画瓢虫。他用藤黄涂成一个葫芦，上面栖息了一只瓢虫，对比非常鲜明。王雪涛、许麟庐都画过瓢虫。

谁也没有数过画里的瓢虫身上有几个黑点，指出这只瓢虫是害虫还是益虫。

科学和艺术有时是两回事。

瓢虫像一粒用朱漆制成的小玩意。

北京的孩子（包括大人）叫瓢虫为"花大姐"，这个名字很美。

螃蟹

螃蟹的样子很怪。

《梦溪笔谈》载:关中人不识螃蟹。有人收得一只干蟹,人家病虐,就借去挂在门上。——中国过去相信生疟疾是由于虐鬼作祟。门上挂了一只螃蟹,虐鬼不知道这是什么玩意,就不敢进门了。沈括说:不但人不识,鬼亦不识也。"不但人不识,鬼亦不识也",这说得很幽默!

在拉萨八角街一家卖藏药的铺子里看到一只小螃蟹,蟹身只有拇指大,金红色的,已经干透了,放在一只盘子里。大概西藏人也相信这只奇形怪状的虫子有某种魔力,是能治病的。

螃蟹为什么要横着走呢?

螃蟹的样子很凶恶,很奇怪,也很滑稽。

凶恶和滑稽往往近似。

豆芽

朱小山去点豆子。地埂上都点了,还剩一把,他懒得带回去,就搬起一块石头,把剩下的豆子都塞到石头下面。过了些日子，朱小山发现：石头离开地面了。豆子发了芽，豆芽把石头顶起来了。朱小山非常惊奇。

朱小山为这件事惊奇了好多年。他跟好些人讲起过这件事。

有人问朱小山："你老说这件事是什么意思？是要说明一种什么哲学吗？"

朱小山说："不，我只是想说说我的惊奇。"

过了好些年，朱小山成了一个知名的学者，他回他的家乡去看看。他想找到那块石头。

他没有找到。

落叶

漠漠春阴柳未青，
冻云欲湿上元灯。
行过玉渊潭畔路，
去年残叶太分明。
汽车开过湖边。
带起一群落叶。
落叶追着汽车，
一直追得很远。

终于没有力气了,
又纷纷地停下了。
"你神气什么?还的的地叫!"
"甭理它。咱们讲故事。"
"秋天,早晨的露水……"

啄木鸟

啄木鸟追逐着雌鸟,
红胸脯发出无声的喊叫,
它们一翅飞出树林,
落在湖边的柳梢。
不知从哪里钻出一个孩子,
一声大叫。
啄木鸟吃了一惊,
他身边已经没有雌鸟。
不一会树林里传出啄木的声音,
他已经忘记了刚才的烦恼。

多鼠斋杂谈　　/老舍

一　戒酒

并没有好大的量,我可是喜欢喝两杯儿。因吃酒,我交下许多朋友——这是酒的最可爱处。大概在有些酒意之际,说话做事都要比平时豪爽真诚一些,于是就容易心心相印,成为莫逆。人或者只在"喝了"之后,才会把专为敷衍人用的一套生活八股抛开,而敢露一点锋芒或"谬论"——这就减少了我脸上的俗气,看着红扑扑的,人有点样子!

自从在社会上做事至今的廿五六年中,虽不记得一共醉过多少次,不过,随便地一想,便颇可想起"不少"次丢脸的事来。所谓丢脸者,或者正是给脸上增光的事,所以我并不后悔。酒的坏处并不在撒酒疯,得罪了正人君子——在酒后还无此胆量,未免就太可怜了!酒的真正坏处是它伤害脑子。

"李白斗酒诗百篇"是一位诗人赠另一位诗人的夸大的谀赞。据我的经验，酒使脑子麻木、迟钝，并不能增加思想产物的产量。即使有人非喝醉不能作诗，那也是例外，而非正常。在我患贫血病的时候，每喝一次酒，病便加重一些；未喝的时候若患头"昏"，喝过之后便改为"晕"了，那妨碍我写作！

对肠胃病更是死敌。去年，因医治肠胃病，医生严嘱我戒酒。从去岁十月到如今，我滴酒未入口。

不喝酒，我觉得自己像哑巴了：不会嚷叫，不会狂笑，不会说话！啊，甚至于不会活着了！可是，不喝也有好处，肠胃舒服，脑袋昏而不晕，我便能天天写一二千字！虽然不能一口气吐出百篇诗来，可是细水长流地写小说倒也保险；还是暂且不破戒吧！

二　戒烟

戒酒是奉了医生之命，戒烟是奉了法币的命令。什么？劣如"长刀"也卖百元一包？老子只好咬咬牙，不吸了！

从廿二岁起吸烟，至今已有一世纪的四分之一。这廿五年养成的习惯，一旦戒除可真不容易。

吸烟有害并不是戒烟的理由。而且，有一切理由，不戒烟是不成。戒烟凭一点"火儿"。那天，我只剩了一支"华丽"。一打听，它又长了十块！三天了，它每天长十块！我把这一支吸完，把烟灰碟擦干净，把洋火放在抽屉里。我"火儿"啦，戒烟！

没有烟，我写不出文章来。廿多年的习惯如此。这几天，我硬撑！我的舌头是木的，嘴里冒着各种滋味的水，嗓门子发痒，太阳穴微微地抽着疼！——顶要命的是脑子里空了一块！不过，我比烟要更厉害些：尽管你小子给我以各样的毒刑，老子要挺一挺给你看看！

毒刑夹攻之后，它派来会花言巧语的小鬼来劝导："算了吧，也总算是个老作家了，何必自苦太甚！况且天气是这么热；要戒，等到秋凉，总比较的要好受一点呀！"

"去吧！魔鬼！咱老子的一百元就是不再买又霉、又臭、又硬、又伤天害理的纸烟！"

今天已是第六天了，我还撑着呢！长篇小说没法子继续写下去；谁管它！除非有人来说："我每天送你一包'骆驼'，或廿支'华福'，一直到抗战胜利为止！"我想我大概不会向"人头狗"和"长刀"什么的投降的！

生命以痛吻我,我却报之以歌

三 戒茶

我既已戒了烟酒而半死不活,因思莫若多加几种,爽性快快地死了倒也干脆。

谈再戒什么呢?

戒荤吗?根本用不着戒,与鱼不见面者已整整二年,而猪羊肉近来也颇疏远。还敢说戒?平价之米,偶而有点油肉相佐,使我绝对相信肉食者"不鄙"!若只此而戒除之,则腹中全是平价米,而人也决变为平价人,可谓"鄙"矣!不能戒荤!

必不得已,只好戒茶。

我是地道中国人,咖啡、蔻蔻、汽水、啤酒,皆非所喜,而独喜茶。有一杯好茶,我便能万物静观皆自得。烟酒虽然也是我的好友,但它们都是男性的——粗莽,热烈,有思想,可也有火气——未若茶之温柔,雅洁,轻轻的刺戟,淡淡的相依;茶是女性的。

我不知道戒了茶还怎样活着,和干吗活着。但是,不管我愿意不愿意,近来茶价的增高已教我常常起一身小鸡皮疙瘩!

茶本来应该是香的,可是现在卅元一两的香片不但不香,而且有一股子咸味!为什么不把咸蛋的皮泡泡来喝,而单去买咸茶呢？六十元一两的可以不出咸味，可也不怎么出香味，六十元一两啊！谁知道明天不就又长一倍呢！

恐怕呀，茶也得戒！我想，在戒了茶以后，我大概就有资格到西方极乐世界去了——要去就抓早儿，别把罪受够了再去！想想看，茶也须戒！

四　猫的早餐

多鼠斋的老鼠并不见得比别家的更多，不过也不比别处的少就是了。前些天，柳条包内、棉袍之上、毛衣之下，又生了一窝。

没法不养只猫子了，虽然明知道一买又要一笔钱，"养"也至少须费些平价米。

花了二百六十元买了只很小很丑的小猫来。我很不放心。单从身长与体重说，厨房中的老一辈的老鼠会一日咬两只这样的小猫的。我们用麻绳把咪咪拴好，不光是怕它跑了，而是怕它不留神碰上老鼠。

我们很怕咪咪会活不成的，它是那么瘦小，而且终日那么团着身哆哩哆嗦的。

人是最没办法的动物，而他偏偏爱看不起别的动物，替它们担忧。

吃了几天平价米和煮包谷,咪咪不但没有死,而且欢蹦乱跳的了。它是个乡下猫,在来到我们这里以前,它连米粒与包谷粒大概也没吃过。

我们总觉得有点对不起咪咪——没有鱼或肉给它吃,没有牛奶给它喝。猫是食肉动物,不应当吃素!

可是,这两天,咪咪比我们都要阔绰了;人才真是可怜虫呢!昨天,我起来相当的早,一开门咪咪骄傲地向我叫了一声,右爪按着个已半死的小老鼠。咪咪的旁边,还放着一大一小的两个死蛙——也是咪咪咬死的,而不屑于去吃,大概死蛙的味道不如老鼠的那么香美。

我怔住了,我须戒酒,戒烟,戒茶,甚至要戒荤,而咪咪——会有两只蛙,一只老鼠作早餐!说不定,它还许已先吃过两三个蚱蜢了呢!

五　最难写的文章

或问:什么文章最难写?

答:自己不愿意写的文章最难写。比如说:邻居二大爷年七十,无疾而终。二大爷一辈子吃饭穿衣,喝两杯酒,与常人

第四章 生活是一万次的春和景明

无异。他没立过功,没立过言。他少年时是个连模样也并不惊人的少年,到老年也还是个平平常常的老人,至多,我只能说他是个安分守己的好公民。可是,文人的灾难来了!二大爷的儿子——大学毕业,现在官居某机关科员——送过来讣文,并且诚恳地请赐挽词。我本来有两句可以赠给一切二大爷的挽词:"你死了不能再见,想起来好不伤心!"可是我不敢用它来搪塞二大爷的科员少爷,怕他说我有意侮辱他的老人。我必须另想几句——近邻,天天要见面,假若我决定不写,科员少爷会恼我一辈子的。可是,老天爷,我写什么呢?

在这很为难之际,我真佩服了从前那些专凭作挽诗寿序挣吃饭的老文人了!你看,还以二大爷这件事为例吧,差不多除了扯谎,我简直没法写出一个字。我得说二大爷天生的聪明绝顶,可是还"别"说他虽聪明绝顶,而并没著过书,没发明过什么东西,和他在算钱的时候总是脱了袜子的。是的,我得把别人的长处硬派给二大爷,而把二大爷的短处一字不题。这不是作诗或写散文,而是替死人来骗活人!我写不好这种文章,因为我不喜欢扯谎。

在挽诗与寿序等而外,就得算"九一八"与"元旦"什么的最难写了。年年有个元旦,年年要写元旦,有什么好写呢?每逢接到报馆为元旦增刊征文的通知,我就想这样回复:"死去吧!省得年年教我吃苦!"可是又一想,它死了岂不又须作挽联啊?于是只好按住心头之火,给它拼凑几句——这不是我作文章,而是文章作我!说到这里,相应提出:"救救文人!"的口号,并且希望科员少爷与报馆编辑先生网开一面,叫小子多活两天!

六 最可怕的人

我最怕两种人:第一种是这样的——凡是他所不会的,别人若会,便是罪过。比如说:他自己写不出幽默的文字来,所以他把幽默文学叫做文艺的脓汁,而一切有幽默感的文人都该加以破坏抗战的罪过。他不下一番工夫去考查考查他所攻击的东西到底是什么,而只因为他自己不会,便以为那东西该死。这是最要不得的态度,我怕有这种态度的人,因为他只会破坏,对人对己都全无好处。假若他做公务员,他便只有忌妒,甚至因忌妒别人而自己去做汉奸;假若他是文人,他便也只会忌妒,而一天到晚浪费笔墨,攻击别人,且自鸣得意,说自己颇会批评——其实是扯淡!这种人乱骂别人,而自己永不求进步;他污秽了批评,且使自己的心里堆满了尘垢。

第二种是无聊的人。他的心比一个小酒盅还浅,而面皮比墙还厚。他无所知,而自信无所不知。他没有不会干的事,而一切都莫名其妙。他的谈话只是运动运动唇齿舌喉,说不说与听不听都没有多大关系。他还在你正在工作的时候来"拜访"。看你正忙着,他赶快就说,不耽误你的工夫。可是,说罢便安然坐下了——两个钟头以后,他还在那儿坐着呢!他必须谈天气、谈空袭、谈物价,而且随时给你教训:"有警报还是躲一躲好!"或是"到八月节物价还要涨!"他的这些话无可反驳,所以他会百说不厌,视为真理。我真怕这种人,他耽误了我的时间,而自杀了他的生命!

七 衣

对于英国人,我真佩服他们的穿衣服的本领。一个有钱的或善交际的英国人,每天也许要换三四次衣服。开会,看赛马,打球,跳舞……都须换衣服。据说:有人曾因穿衣脱衣的麻烦而自杀。我想这个自杀者并不是英国人。英国人的忍耐性使他们不会厌烦"穿"和"脱",更不会使他们因此而自杀。

我并不反对穿衣要整洁,甚至不反对衣服要漂亮美观。可是,假若教我一天换几次衣服,我是也会自杀的。想想看,系钮扣解钮扣,是多么无聊的事!而钮扣又是那么多,那么不灵敏，那么不起好感，假若一天之中解了又系，系了再解，至数次之多，谁能不感到厌世呢！

在抗战数年中，生活是越来越苦了。既要抗战，就必须受苦，我决不怨天尤人。再进一步，若能从苦中求乐，则不但可以不出怨言，而且可以得到一些兴趣，岂不更好呢！在衣食住行人生四大麻烦中，食最不易由苦中求乐，菜根香一定香不过红烧蹄膀！菜根使我贫血；"狮子头"却使我壮如雄狮！

住和行虽然不像食那样一点不能将就，可是也不会怎样苦中生乐。三伏天住在火炉子似的屋内，或金鸡独立地在汽车里挤着，我都想掉泪，一点也找不出乐趣。

只有穿的方面，一个人确乎能由苦中找到快活。七七抗战后，由家中逃出，我只带着一件旧夹袍和一件破皮袍，身上穿着一件旧棉袍。这三袍不够四季用的，也不够几年用的。所以，到了重庆，我就添置衣裳。主要的是灰布制服。这是一种"自来旧"的布做成的，一下水就一蹶不振，永远难看。吴组缃先生名之为斯文扫地的衣服。可是，这种衣服给我许多方便——简直可以称之为享受！我可以穿着裤子睡觉，而不必担心裤缝直与不直；它反正永远不会直立。我可以不必先看看座位，再去坐下；我的宝裤不怕泥土污秽，它原是自来旧。雨天走路，我不怕汽车。晴天有空袭，我的衣服的老鼠皮色便是伪装。这种衣服给我舒适，因而有亲切之感。它和我好像多年的老夫妻，彼此有完全的了解，没有一点隔膜。

我希望抗战胜利之后，还老穿着这种困难衣，倒不是为省钱，而是为舒服。

八　行

朋友们屡屡函约进城，始终不敢动。"行"在今日，不是什么好玩的事。看吧，从北碚到重庆第一就得出"挨挤费"一千四百四十元。所谓挨挤费者就是你须到车站去"等"，等多少时间？没人能告诉你。幸而把车等来，你还得去挤着买票，假若你挤不上去，那是你自己的无能，只好再等。幸而票也挤到手，你就该到车上去挨挤。这一挤可厉害！你第一要证明了你的确是脊椎动物，无论如何你都能直挺挺地立着。第二，你须证明在进化论中，你确是猴子变的，所以现在你才嘴手脚并用，全身紧张而灵活，以免被挤成像四喜丸子似的一堆肉。第三，你须有"保护皮"，足以使你全身不怕伞柄，胳臂肘、脚尖、车窗等等的戳、碰、刺、钩；否则你会遍体鳞伤。第四，你须有不中暑发痧的把握，要有不怕把鼻子伸在有狐臭的腋下而不能动的本事……你须备有的条件太多了，都是因为你喜欢交那一千四百多元的挨挤费!

我头昏,一挤就有变成爬虫的可能,所以,我不敢动。

再说,在重庆住一星期,至少花五六千元;同时,还得耽误一星期的写作;两面一算,使我胆寒!

以前,我一个人在流亡,一人吃饱便天下太平,所以东跑西跑,一点也不怕赔钱。现在,家小在身边,一张嘴便是五六个嘴一齐来,于是嘴与胆子乃适成反比,嘴越多,胆子越小!

重庆的人们哪,设法派小汽车来接呀,否则我是不会去看你们的。你们还得每天给我们一千元零花。烟、酒都无须供给,我已戒了。啊,笑话是笑话,说真的,我是多么想念你们,多么渴望见面畅谈呀!

九 狗

中国狗恐怕是世界上最可怜最难看的狗。此处之"难看"并不指狗种而言,而是与"可怜"密切相关。无论狗的模样身材如何,只要喂养得好,它便会长得肥肥胖胖的,看着顺眼。中国人穷。人且吃不饱,狗就更提不到了。因此,中国狗最难看;不是因为它长得不体面,而是因为它骨瘦如柴,终年夹着尾巴。

第四章　生活是一万次的春和景明

每逢我看见被遗弃的小野狗在街上寻找粪吃，我便要落泪。我并非是爱作伤感的人，动不动就要哭一鼻子。我看见小狗的可怜，也就是感到人民的贫穷。民富而后猫狗肥。

中国人动不动就说：我们地大物博。那也就是说，我们不用着急呀，我们有的是东西，永远吃不完喝不尽哪！哼，请看看你们的狗吧！

还有：狗虽那么摸不着吃，（外国狗吃肉，中国狗吃粪；在动物学上，据说狗本是食肉兽。）那么随便就被人踢两脚，打两棍，可是它们还照旧地替人们服务。尽管它们饿成皮包着骨，尽管它们刚被主人踹了两脚，它们还是极忠诚地去尽看门守夜的责任。狗永远不嫌主人穷。这样的动物理应得到人们的赞美，而忠诚、义气、安贫、勇敢等等好字眼都该归之于狗。可是，我不晓得为什么中国人不分黑白地把汉奸与小人叫做走狗，倒仿佛狗是不忠诚不义气的动物。我为狗喊冤叫屈！

猫才是好吃懒作，有肉即来，无食即去的东西。洋奴与小人理应被叫做"走猫"。

或者是因为狗的脾气好，不像猫那样傲慢，所以中国人不说"走猫"而说"走狗"？假若真是那样，我就又觉得人们未免有点"软的欺，硬的怕"了！

不过，也许有一种狗，学名叫做"走狗"；那我还不大清楚。

生命以痛吻我,我却报之以歌

十　帽

在七七抗战后,从家中跑出来的时候,我的衣服虽都是旧的,而一顶呢帽却是新的。那是秋天在济南花了四元钱买的。廿八年随慰劳团到华北去,在沙漠中,一阵狂风把那顶呢帽刮去,我变成了无帽之人。假若我是在四川,我便不忙于去再买一顶——那时候物价已开始要张开翅膀。可是,我是在北方,天已常常下雪,我不可一日无帽。于是,在宁夏,我花了六元钱买了一顶呢帽。在战前它公公道道地值六角钱。这是一顶很顽皮的帽子。它没有一定的颜色,似灰非灰,似紫非紫,似赭非赭,在阳光下,它仿佛有点发红,在暗处又好似有点绿意。我只能用"五光十色"去形容它,才略为近似。它是呢帽,可是全无呢意。我记得呢子是柔软的,这顶帽可是非常的坚硬,用指一弹,它当当地响。这种不知何处制造的硬呢会把我的脑门儿勒出一道小沟,使我很不舒服;我须时时摘下帽来,教脑袋休息一下!赶到淋了雨的时候,它就完全失去呢性,而变成铁筋洋灰的了。因此,回到重庆以后,我总是能不戴它就不戴;一看见它我就有点害怕。

因为怕它,所以我在白象街茶馆与友摆龙门阵之际,我又

第四章　生活是一万次的春和景明

买了一顶毛织的帽子。这一顶的确是软的，软得可以折起来，我很高兴。

不幸，这高兴又是短命的。只戴了半个钟头，我的头就好像发了火，痒得很。原来它是用野牛毛织成的。它使脑门热得出汗，而后用那很硬的毛儿刺那张开的毛孔！这不是戴帽，而是上刑！

把这顶野牛毛帽放下，我还是得戴那顶铁筋洋灰的呢帽。经雨淋、汗沤、风吹、日晒，到了今年，这顶硬呢帽不但没有一定的颜色，也没有一定的样子了——可是永远不美观。每逢戴上它，我就躲着镜子；我知道我一看见它就必有斯文扫地之感！

前几天，花了一百五十元把呢帽翻了一下。它的颜色竟自有了固定的倾向，全体都发了红。它的式样也因更硬了一些而暂时有了归宿，它的确有点帽子样儿了！它可是更硬了，不留神，帽檐碰在门上或硬东西上，硬碰硬，我的眼中就冒了火花！等着吧，等到抗战胜利的那天，我首先把它用剪子铰碎，看它还硬不硬！

生命以痛吻我，我却报之以歌

十一 昨天

昨天一整天不快活。老下雨，老下雨，把人心都好像要下湿了！

有人来问往哪儿跑？答以：嘉陵江没有盖儿。邻家聘女。姑娘有二十二三岁，不难看。来了一顶轿子，她被人从屋中掏出来，放进轿中；轿夫抬起就走。她大声地哭。没有锣鼓。轿子就那么哭着走了。看罢，我想起幼时在鸟市上买鸟。贩子从大笼中抓出鸟来，放在我的小笼中，鸟尖锐地叫。

黄狼夜间将花母鸡叼去。今午，孩子们在山坡后把母鸡找到。脖子上咬烂，别处都还好。他们主张还炖一炖吃了。我没拦阻他们。乱世，鸡也该死两道的！

头总是昏。一友来，又问："何以不去打补针？"我笑而不答，心中很生气。

正写稿子，友来。我不好让他坐。他不好意思坐下，又不好意思马上就走。中国人总是过度的客气。

友人函告某人如何，某事如何，即答以："大家肯把心眼放大一些，不因事情不尽合己意而即指为恶事，则人世纠纷可减半矣！"发信后，心中仍在不快。

长篇小说越写越不像话,而索短稿者且多,颇郁郁!

晚间屋冷话少,又戒了烟,呆坐无聊,八时即睡。这是值得记下来的一天——没有一件痛快事!在这样的日子,连一句漂亮的话也写不出!为什么我们没有伟大的作品哪?哼,谁知道!

十二　傻子

在民间的故事与笑话里,有许多许多是讲兄弟三个,或姐妹三个,或盟兄弟三个,或女婿三个;第三个必定是傻子,而傻子得到最后的胜利。据说这种结构的公式是世界性的,世界各处都有这样的故事与笑话。为什么呢?因为人们是同情于弱者的。三弟三妹三女婿既最幼,又最傻,所以必须胜利。

和许多别种民间故事与笑话的含义一样,这种同情弱者的表示可也许是"夫子自道也",这就是说:人民有一肚子委屈而无处去诉,就只好想象出一位"臣包文正",或北侠欧阳春来,给他们撑一撑腰,吐一口气。同样的,他们制造出弱者胜利的故事与笑话,也是为了自慰;故事与笑话中的傻子就是他们自己。他们自己既弱且愚,可是他们讽刺了那有势力,有钱财,与有学问的人,他们感到胜利。

可是,这种讽刺的胜利到底是否真正的胜利,就不大好说。假若胜利必须是精神上的呢,他们大概可以算得了胜。反之,精神胜利若因无补于实际而算不得胜利,那就不大好办了。

在我们的民间,这种傻子胜利的故事与笑话似乎比哪一国都多。我不知道,我应当庆祝他们已经得到胜利,还是应当把我的"怪难过的"之感告诉给他们。

(本文有删减)

致沈从文 /林徽因

二哥:

　　世间事有你想不到的那么古怪,你的信来的时候正遇到我双手托着头在自恨自伤的一片苦楚的情绪中熬着。在廿四个钟头中,我前前后后,理智的,客观的,把许多纠纷痛苦和挣扎或希望或颓废的细目通通看过好几遍,一方面展开事实观察,一方面分析自己的性格情绪历史,别人的性格情绪历史,两人或两人以上互相的生活,情绪和历史,我只感到一种悲哀,失望,对自己对生活全都失望无兴趣。我觉到像我这样的人应该死去;减少自己及别人的痛苦!这或是暂时的一种情绪,一会儿希望会好。

　　在这样的消极悲伤的情景下,接到你的信,理智上,我虽然同情你所告诉我你的苦痛(情绪的紧张),在情感上我却很羡慕你那么积极那么热烈,那么丰富的情绪,至少此刻同我的比,我的显然萧条颓废消极无用。你的是在情感的尖锐上奔进!

可是此刻我们有个共同的烦恼,那便是可惜时间和精力,因为情绪的盘旋而耗废去。

你希望抓住理性的自己,或许找个聪明的人帮忙你整理一下你的苦恼或是"横溢的情感",设法把它安排妥帖一点,你竟找到我来,我懂得的,我也常常被同种的纠纷弄得左不是右不是,生活掀在波澜里,盲目地同危险周旋,累得我既为旁人焦灼,又为自己操心,又同情于自己又很不愿意宽恕放任自己。

不过我同你有大不同处:凡是在横溢奔放的情感中时,我便觉到抓住一种生活的意义,即使这横溢奔放的情感所发生的行为上纠纷是快乐与苦辣对渗的性质,我也不难过不在乎。我认定了生活本身原质是矛盾的,我只要生活;体验到极端的愉快,灵质的,透明的,美丽的近于神话理想的快活,以下我情愿也随着赔偿这天赐的幸福,埋在悲痛,纠纷失望,无望,寂寞中捱过若干时候,好像等自己的血来在创伤上结痂一样!一切我都在无声中忍受,默默地等天来布置我,没有一句话说!(我且说说来给你做个参考。)

我所谓极端的,浪漫的或实际的都无关系,反正我的主义是要生活,没有情感的生活简直是死!生活必须体验丰富的情感,把自己变成丰富,宽大能优容,能了解,能同情种种"人

第四章 生活是一万次的春和景明

性"，能懂得自己，不苛责自己，也不苛责旁人，不难自己以所不能，也不难别人所不能，更不怨运命或是上帝，看清了世界本是各种人性混合做成的纠纷，人性又就是那么一回事，脱不掉生理，心理，环境习惯先天特质的凑合！把道德放大了讲，别裁判或裁削自己。任性到损害旁人时如果你不忍，你就根本办不到任性的事。（如果你办得到，那你那种残忍，便是你自己性格里的一点特性，也用不着过分地去纠正。）想做的事太多，并且互相冲突时，拣最想做——想做到顾不得旁的牺牲——的事做，未做时心中发生纠纷是免不了的，做后最用不着后悔，因为你既会去做，那桩事便一定是不可免的，别尽着罪过自己。

我方才所说到极端的愉快，灵质的、透明的、美丽的快乐，不知道你有否同一样感觉。我的确有过，我不忘却我的幸福。我认为最愉快的事都是一闪亮的，在一段较短的时间内进出神奇的——如同两个人透彻的了解：一句话打到你心里，使得你理智和感情全觉到一万万分满足；如同相爱：在一个时候里，你同你自身以外另一个人互相以彼此存在为极端的幸福；如同恋爱，在那时那刻眼所见，耳所听，心所触无所不是美丽，情感如诗歌自然地流动，如花香那样不知其所以。这些种种便都是一生中不可多得的瑰宝。世界上没有多少人有那机会，且没有多少人有那种天赋的敏感和柔情来尝味那经验，所以就有那种机会也无用。如果有如诗剧神话般的实景,当时当事者本身却没有领会诗的情感又如何行?即使有了,只是浅俗的赏月折花的限量,那又有什么话说?!转过来说,对悲哀的敏感容量也是生活中可贵处。当时当事,你也许得流出血泪,过去后那些在你经验中也是不可鄙视的创痂。(此刻说说话,我倒暂时忘记了我昨天到今晚已整整哭了廿四小时,中间仅仅睡着三四个钟头,方才在过分的失望中颓废着觉到浪费去时间精力,很使自己感叹。)在夫妇中间为着相爱纠纷自然痛苦,不过那种痛苦也是夹着极端丰富的幸福在内的。冷漠不关心的夫妇结合才是真正的悲剧!

如果在"横溢情感"和"僵死麻木的无情感"中叫我来拣一个,我毫无问题要拣上面的一个,不管是为我自己或是为别人。人活着的意义基本的是在能体验情感。能体验情感还得有智慧有思想来分别了解那情感——自己的或别人的!如果再能表现你自己所体验所了解的种种在文字上——不管那算是宗教或哲学,诗,或是小说,或是社会学论文——(谁管那些)——使得别人也更得点人生意义,那或许就是所有的意义了——不管人文明到什么程度,天文地理科学的通到哪里去,这点人性还是一样的主要,一样的是人生的关键。

在一些微笑或皱眉印象上称较分量,在无边际人事上驰骋

第四章 生活是一万次的春和景明

细想正是一种生活。

算了吧！二哥，别太虐待自己，有空来我这里，咱们再费点时间讨论讨论它，你还可以告诉我一点实在情形。我在廿四小时中只在想自己如何消极到如此田地苦到如此如此，而使我苦得想去死的那个人自己在去上海火车中也苦得要命，已经给我来了两封电报一封信，这不是"人性"的悲剧么？那个人便是说他最不喜管人性的梁二哥！

徽因
一九三四年二月二十七日

你一定得同老金[①]谈谈，他真是能了解同时又极客观极同情极懂得人性，虽然他自己并不一定会提起他的历史。

---

① 指金岳霖。——编者注

蛛丝与梅花　　　/林徽因

真真的就是那么两根蛛丝,由门框边轻轻地牵到一枝梅花上。就是那么两根细丝,迎着太阳光发亮……再多了,那还像样么?一个摩登家庭如何能容蛛网在光天白日里作怪,管它有多美丽,多玄妙,多细致,够你对着它联想到一切自然,造物的神工和不可思议处;这两根丝本来就该使人脸红,且在冬天够多特别!可是亮亮的,细细的,倒有点像银,也有点像玻璃制的细丝,委实不算讨厌,尤其是它们那么潇脱风雅,偏偏那样有意无意地斜着搭在梅花的枝梢上。

你向着那丝看,冬天的太阳照满了屋内,窗明几净,每朵含苞的,开透的,半开的梅花在那里挺秀吐香,情绪不禁迷茫缥缈的充溢心胸,在那刹那的时间中振荡。同蛛丝一样的细弱,和不必需,思想开始抛引出去;由过去牵到将来,意识的,非意识的,由门框梅花牵出宇宙,浮云沧波踪迹不定。是人性,

第四章 生活是一万次的春和景明

艺术，还是哲学，你也无暇计较，你不能制止你情绪的充溢，思想的驰骋，蛛丝梅花竟然是瞬息可以千里！

好比你是蜘蛛，你的周围也有你自织的蛛网，细致地牵引着天地，不怕多少次风雨来吹断它，你不会停止了这生命上基本的活动。此刻"……一枝斜好，幽香不知甚处，……"

拿梅花来说吧，一串串丹红的结蕊缀在秀劲的傲骨上，最可爱，最可赏，等半绽将开的错落在老枝上时，你便会心跳！梅花最怕开；开了便没话说。索性残了，沁香拂散同夜里炉火都能成了一种温存的凄清。

记起了，也就是说到梅花，玉兰。初是有个朋友说起初恋时玉兰刚开完，天气每天的暖，住在湖旁，每夜跑到湖边林子里走路，又静坐幽僻石上看隔岸灯火，感到好像仅有如此虔诚的孤对一片泓碧寒星远市，才能把心里情绪抓紧了，放在最可靠最纯净的一撮思想里，始不至亵渎了或是惊着那"寤寐思服"的人儿。那是极年轻的男子初恋的情景，——对象渺茫高远，反而近求"自我的"郁结深浅，——他问起少女的情绪。

就在这里，忽记起梅花。一枝两枝，老枝细枝，横着，虬着，描着影子，喷着细香；太阳淡淡金色的铺在地板上；四壁琳琅，书架上的书和书签都像在发出言语；墙上小对联记不得是谁的集句；中条是东坡的诗。你敛住气，简直不敢喘息，踞起脚,细小的身形嵌在书房中间,看残照当窗,花影摇曳,你像失落了什么,有点迷惘。又像"怪东风着意相寻",有点儿没主意!浪漫,极端的浪漫。"飞花满地谁为扫?"你问,情绪风似的吹动,卷过,停留在惜花上面。再回头看看,花依旧嫣然不语。"如此娉婷,谁人解看花意",你更沉默,几乎热情地感到花的寂寞,开始怜花,把同情统统诗意地交给了花心!

这不是初恋,是未恋,正自觉"解看花意"的时代。情绪的不同,不止是男子和女子有分别,东方和西方也甚有差异。情绪即使根本相同,情绪的象征,情绪所寄托,所栖止的事物却常常不同。水和星子同西方情绪的联系,早就成了习惯。一颗星子在蓝天里闪,一流冷涧倾泄一片幽愁的平静,便激起他们诗情的波涌,心里甜蜜的、热情的便唱着由那些鹅羽的笔锋散下来的"她的眼如同星子在暮天里闪",或是"明丽如同单独的那颗星,照着晚来的天",或"多少次了,在一流碧水旁边,忧愁倚下她低垂的脸"。

惜花,解花太东方,亲昵自然,含着人性的细致是东方传统的情绪。

此外年龄还有尺寸,一样是愁,却跃跃似喜,十六岁时的,微风零乱,不颓废,不空虚,踏着理想的脚充满希望,东方和西方却一样。人老了脉脉烟雨,愁吟或牢骚多折损诗的活泼。

第四章　生活是一万次的春和景明

大家如香山，稼轩，东坡，放翁①的白发华发，很少不梗在诗里，至少是令人不快。话说远了，刚说是惜花，东方老少都免不了这嗜好，这倒不论老的雪鬓曳杖，深闺里也就攒眉千度。

最叫人惜的花是海棠一类的"春红"，那样娇嫩明艳，开过了残红满地，太招惹同情和伤感。但在西方即使也有我们同样的花，也还缺乏我们的廊庑庭院。有了"庭院深深深几许"才有一种庭院里特有的情绪。如果李易安②的"斜风细雨"底下不是"重门须闭"也就不"萧条"得那样深沉可爱；李后主③的"终日谁来"也一样的别有寂寞滋味。看花更需庭院，深深锁在里面认识，不时还得有轩窗栏杆，给你一点凭借，虽然也用不着"十二栏杆倚遍"，那么惝弱无聊。

当然旧诗里伤愁太多；一首诗竟像一张美的证券，可以照着市价去兑现！所以庭花，乱红，黄昏，寂寞太滥，诗常失却诚实。西洋诗，恋爱总站在前头，或是"忘掉"，或是"记起"，月是为爱，花也是为爱，只使全是真情，也未尝不太腻味。就以两边好的来讲；拿他们的月光同我们的月色比，似乎是月色

---

① 香山，稼轩，东坡，放翁，即白居易，辛弃疾，苏轼，陆游。——编者注
② 即李清照。——编者注
③ 即李煜。——编者注

滋味深长得多。花更不用说了；我们的花"不是预备采下缀成花球，或花冠献给恋人的"，却是一树一树绰约的，个性的，自己立在情人的地位上接受恋歌的。

所以未恋时的对象最自然的是花，不是因为花而起的感慨，——十六岁时无所谓感慨——仅是刚说过的自觉解花的情绪，寄托在那清丽无语的上边，你心折它绝韵孤高，你为花动了感情，实说你同花恋爱，也未尝不可，——那惊讶狂喜也不减于初恋。还有那凝望，那沉思……

一根蛛丝！记忆也同一根蛛丝，搭在梅花上就由梅花枝上牵引出去，虽未织成密网，这诗意的前后，也就是相隔十几年的情绪的联络。

午后的阳光仍然斜照，庭院阒然，离离疏影，房里窗棂和梅花依然伴和成为图案，两根蛛丝在冬天还可以算为奇迹，你望着它看，真有点像银，也有点像玻璃，偏偏那么斜挂在梅花的枝梢上。

山中的历日　　/ 郑振铎

"山中无历日",这是一句古话,然而我在山中却历日记得很清楚。我向来不记日记,但在山上却有一本日记,每日都有两三行的东西写在上面。自七月二十三日,第一日在山上醒来时起,直到了最后的一日早晨,即八月二十一日,下山时止,无一日不记。恰恰的在山上三十日,不多也不少,预定的要做的工作,在这三十日之内,也差不多都已做完。

当我离开上海时,一个朋友问我:"什么时候可以回来?"

"一个月。"我答道。真的,不多也不少,恰是一个月。有一天,一个朋友写信来问我道:"你一天的生活如何呢?我们只见你一天一卷的原稿寄到上海来,没有一个人不惊诧而且佩服的。上海是那样的热呀,我们一行字也不能写呢。"

我正要把我的山上生活告诉他们呢。

在我的二十几年的生活中,没有像如今的守着有规则的生活，也没有像如今的那么努力地工作着的。

第一晚，当我到了山时，已经不早了，滴翠轩一点灯火也没有。我问心南先生道："怎么黑漆漆的不点灯？"

"在山上，我们已成了习惯，天色一亮就起来，天色一黑就去睡，我起初也不惯，现在却惯了。到了那时，自然而然地会起来，自然而然地会去睡。今夜，因为同家母谈话，睡得迟些，不然，这时早已入梦了。家中人，除了我们二人外，他们都早已熟睡了。"心南先生说。

我有些惊诧，却不大相信。更不相信在上海起迟眠迟的我，会服从了这个山中的习惯。

然而到了第二天绝早，心南先生却照常地起身。我这一夜是和他暂时一房同睡的，也不由得不起来，不由得不跟了他一同起身。"还早呢，还只有六点钟。"我看了表说。

"已经是太晚啦。"他说。果然，廊前太阳光已经照得满墙满地了。

这是第一次，我倚了绿色的栏杆——后来改漆为红色的，却更有些诗意了——去看山景。没有奇石，也没有悬岩，全山都是碧绿色的竹林和红瓦黑瓦的洋房子。山形是太平衍了。然而向东望去，却可看见山下的原野。一座一座的小山，都在我们的足下，一畦一畦的绿田，也都在我们的足下。几缕的炊烟，

第四章　生活是一万次的春和景明

由田间升起,在空中袅袅地飘着,我们知道那里是有几家农户了,虽然看不见他们。空中是停着几片的浮云。太阳照在上面,那云影倒映在山峰间,明显地可以看见。

"也还不坏呢,这山的景色。"我说。

"在起了云时,漫山的都是云,有的在楼前,有的在足下,有时浑不见对面的东西,有时,诸山只露出峰尖,如在海中的孤岛,这简直可称为云海,那才有趣呢。我到了山时,只见了两次这样的奇景。"心南先生说。

这一天真是忙碌,下山到了铁路饭店,去接梦旦先生他们上山来。下午,又东跑跑,西跑跑。太阳把山径晒得滚热的,它又张了大眼向下望着,头上是好像一把火的伞。只好在邻近竹径中走走就回来了。

在山上,雨是不预约就要落下来的,看它天气还好好的,一瞬眼间,却已乌云蔽了楼檐,沙沙地一阵大雨来了。不久,眼望着这块大乌云向东驶去,东边的山与田野却现出阴郁的样子,这里却又是太阳光满满地照着了。

"伞在山上倒是必要的;晴天可以挡太阳,下雨的时候可以挡雨。"我说。

这一阵雨过去后,天气是凉爽得多了,我便又独自由竹林间的一条小山径,寻路到瀑布去。山径还不湿滑,因为一则沿

生命以痛吻我，我却报之以歌

路都是枯落的竹叶躺着，二则泥土太干，雨又下得不久。山径不算不峻峭，却异常地好走。足踏在干竹叶上，柔柔的如履铺了棉花的地板，手攀着密集的竹竿，一竿一竿地递扶着，如扶着栏杆，任怎么峻峭的路，都不会有倾跌的危险。

莫干山有两个瀑布，一个是在这边山下，一个是碧坞。碧坞太远了，听说路也很险。走过去，要经过一条只有一尺多阔的栈道，一面是绝壁，一面是十余丈深的山溪，轿子是不能走过的，只好把轿子中途弃了，两个轿夫牵着游客的双手，一前一后地把他送过去。去年，有几个朋友到那里去游，却只有几个最勇敢的这样地走了过去，还有几个却终于与轿子一同停留在栈道的这边，不敢过去了。这边的山下瀑布，路途却较为好走，又没有碧坞那么远，所以我便渴于要先去看看——虽然他们都要休息一下，不大高兴走。

瀑布的气势是那么样的伟大，瀑布的景色是那么样的壮美；那么多的清泉，由高山石上，倾倒而下，水声如雷似的，水珠溅得远远的，只要闭眼一想象，便知它是如何的可迷人呀！我少时曾和数十个同学一同旅行到南雁荡山。那边的瀑布真不少，也真不小。老远的老远的，便看见一道道的白练布由山顶挂了下来。却总是没有走到。经过了柔湿的田道，经过了繁盛的村庄，爬上了几层的山，方才到了小龙湫。那时是初春，还穿着

第四章　生活是一万次的春和景明

棉衣。长途的跋涉，使我们都气喘汗流。但到了瀑布之下，立在一块远隔丈余的石上时，细细的水珠却溅得你满脸满身都是，阴凉的，阴凉的，立刻使你一点儿的热感都没有了；虽穿了棉衣，还觉得冷呢。面前是万斛的清泉，不休的只向下倾注，那景色是无比的美好，那清而宏大的水声，也是无比的美好。这使我到如今还记念着，这使我格外地喜爱瀑布与有瀑布的山。十余年来，总在北京与上海两处徘徊着，不仅没有见什么大瀑布，便连山的影子也不大看得见。这一次之到莫干山，小半的原因，因为那山那有瀑布。

山径不大好走，时而石级，时而泥径，有时，且要在荒草中去寻路。亏得一路上溪声潺潺的。沿了这溪走，我想总不会走得错的。后来，终于是走到了。但那水声并不大，立近了，那水珠也不会飞溅到脸上身上来。高虽有二丈多高，阔却只有两个人身的阔。那么样萎靡的瀑布，真使我有些失望。然而这总算是瀑布，万山静悄悄的，连鸟声也没有，只有几张照相的色纸，落在地上，表示曾有人来过。在这瀑布下流连了一会儿，脱了衣服，洗了一个身，濯了一会儿足，便仍旧穿便衣，与它告别了。却并不怎么样的惜别。

刚从林径中上来，便看见他们正在门口，打算到外面走走。

"你去不去？"擘黄问我。

"到哪里去?"我问道。

"随便走走。"

我还有余力,便跟了他们同去。经过了游泳池,个个人喧笑地在那里泅水,大都是碧眼黄发的人,他们是最会享用这种公共场所的。池旁,列了许多座位,预备给看的人坐,看的人真也不少。沿着这条山径,到了新会堂,图书馆和幼稚园都在那里。一大群的人正从那里散出,也大都是碧眼黄发的人。沿着山边的一条路走去,便是球场了。球场的规模并不小,难得在山边会辟出这么大的一个地方。场边有许多石级凸出,预备给人坐,那边贴了不少布告,有一张说:"如果山岩崩坏了,发生了什么意外之事,避暑会是不负责的。"我们看那山边,围了不少层的围墙。很坚固,很坚固,哪里会有什么崩坏的事。然而他们却要预防着。在快活地打着球的,也都是碧眼黄发的人。

梦旦先生他们坐在亭上看打球,我们却上了山脊。在这山脊上缓缓地走着,太阳已将西沉,把那无力的金光亲切地抚摩我们的脸。并不大的凉风,吹拂在我们的身上,有种说不出的舒适之感。我们在那里,望见了塔山。

心南先生说:"那是塔山,有一个亭子的,算是莫干山最高的山了。"望过去很远,很远。

晚上,风很大。半夜醒来,只听见廊外呼呼地啸号着,仿

第四章 生活是一万次的春和景明

佛整座楼房连基底都要为它所摇撼。

山中的风常是这样的。

这是在山中的第一天。第二天也没有做事。到了第三天,却清早的起来,六点钟时,便动手做工。八时吃早餐,看报,看来信,邮差正在那时来。九时再做,直到十二时。下午,又开始写东西,直到了四时。那时,却要出门到山上走走了。却只在近处,并不到远处去。天未黑便吃了饭。随意闲谈着。到了八时,却各自进了房。有时还看看书,有时却即去睡了。一个月来,几乎天天是如此。

下午四时后,如不出去游山,便是最好的看书时间了。

山中的历日便是如此,我从来没有过着这样的有规则的生活过。

月夜之话　　/郑振铎

是在山中的第三夜了。月色是皎洁无比，看着她渐渐地由东方升了起来。蝉声叽……叽……叽……的曼长的叫着，岭下涧水潺潺的流声，隐略的可以听见，此外，便什么声音都没有了。月如银的圆盘般大，静定的挂在晚天中，星没有几颗，疏朗朗地间缀于蓝天中，如美人身上披的蓝天鹅绒的晚衣，缀了几颗不规则的宝石。大家都把自己的摇椅移到东廊上坐着。

初升的月，如水银似的白，把她的光笼罩在一切的东西上；柱影与人影，粗黑的向西边的地上倒映着。山呀，田地呀，树林呀，对面的许多所的屋呀，都朦朦胧胧的不大看得清楚，正如我们初从倦眠中醒了来，睁开了眼去看四周的东西，还如在渺茫梦境中似的；又如把这些东西都罩上了一层轻巧细密的冰纱，它们在纱外望着，只能隐约地看见它们的轮廓；又如春雨连朝，天色昏暗，极细极细的雨丝，随风飘拂着，我们立在红

第四章 生活是一万次的春和景明

楼上,由这些蒙雨织成的帘巾向外望着。那么样的静美,那么样柔秀的融和的情调,真非身临其境的人不能说得出的。

"那么好的月呀!"擘黄先生①赞赏似的叹美着。

同浴于这个明明的月光中的,还有梦旦先生②和心南先生③,静悄悄的,各人都随意地躺在他的摇椅上,各自在默想他的崇高的思绪。也不知道有多少秒,多少分,多少刻的时间是过去了,红栏杆外是月光,蝉声与溪声,红栏杆内是月光照浴着的几个静思的人。

月光光,
照河塘。
骑竹马,
过横塘。
横塘水深不得过,
娘子牵船来接郎。

---

① 即唐钺,字擘黄。心理学家、翻译家,历任清华大学、北京大学的教授。他是郑振铎在商务印书馆的同事兼好友。——编者注

② 即高梦旦,名凤谦,字梦旦。曾任商务印书馆国文部部长和编译所所长。他是郑振铎的岳父。——编者注

③ 即郑贞文,字幼坡,号心南。编译家、化学家、教育家。他是郑振铎在商务印书馆的同事兼好友。——编者注

问郎长,问郎短,
问郎此去何时返。

心南先生的女公子依真跳跃着的由西边跑了过来,嘴里这样地唱着。那清脆的歌声漫溢于朦胧的空中,如一塘静水中起了一个水沤似的,立刻一圈一圈地扩大到全个塘面。

"这是各处都有的儿歌,辜鸿铭曾选入他的《幼学弦歌》中。"梦旦先生说。他真是一个健谈的人,又恳挚,又多见闻,凡是听过他的话的人,总不肯半途走了开去。

"福州还有一首大家都知道的民歌,也是以月为背景的,真是不坏。"梦旦先生接着说,于是他便背诵出了这一首歌。

原文:

共哥相约月出来,
怎样月出哥未来?
没是奴家月出早?
没是哥家月出迟?
不论月出早与迟;
恐怕我哥未肯来。
当日我哥未娶嫂,
三十无月哥也来。

第四章　生活是一万次的春和景明

译文：
与他相约月出来，
怎么月出了他还未来？
莫不是我家月出得早？
莫不是他家月出得迟？
不论月出早与迟；
只怕他是不肯来了吧！
当日他没有娶妻时，
没有月的三十夜也还来呢。

这首歌的又真挚又曲折的情绪，立刻把大家捉住了。像那么好的情歌，真不多见。

"我真想把它抄录了下来呢！"我说。于是梦旦先生又逐句地背念了一遍，我便录了下来。

"大约是又成了《山中通信》的资料吧，"擘黄先生笑着说道，他今天刚看见我写着《山中通信》。

"也许是的，但这样的好词，不写了下来，未免太可惜了。"

"我也有一个，索性你再写了吧。"擘黄说。

我端正了笔等着他。

七月七夕鹊填桥，

牛郎织女渡天河。
人人都说神仙好,
一年一度算什么!

"最后一句真好,凡是咏七夕的诗,恐怕不见得有那样透彻的口气吧。可见民歌好的不少,只在自己去搜集而已。"擘黄说。

大家的话匣子一开,沉静的气氛立刻打破了,每个人都高高兴兴地谈着唱着,浑忘了皎洁月光与其他一切。月已升得很高,倒向西边的柱影,已渐渐地短了。

梦旦先生道:"还有一首歌,你们听人说过没有?"

采藾你去问秋英,
怎么姑爷跌满身?
他说相公家里回,
也无火把也无灯。
既无火把也要灯!
他说相公家里回,
怎么姑爷跌满身?
采藾你去问秋英!

"是的,听见过的,"擘黄说,"但其层次与说话之语气颇不易分得出明白。"

"大约是小姐见姑爷夜间回来,跌了一身的泥,不由得起了疑心,便叫丫头采蘋去问跟班秋英。采蘋回到小姐那里,转述秋英的话,相公之所以跌得一身泥者,因由家里回来,夜色黑漆漆的,又无火把又无灯笼也。第二首完全是小姐的话,她的疑心还未释,相公既由家回,如无火把也要有灯,怎么会跌得一身泥?于是再叫采蘋去问秋英。虽然是如连环诗似的二首,前后的意思却很不同。每个人的口气也都逼真的像。"梦旦先生说。

经了这样一解释,这首诗,真的也成了一首名作了。

真鸟仔,
啄瓦檐,
奴哥无"母"这数年。
看见街上人讨"母",
奴哥目泪挂目檐。
有的有,
没的没,
有人老婆连小婆!
只愿天下作大水,
流来流去齐齐没。

这一首也是这一夜采得的好诗,但恐"非福州人"所能了解。所谓"真鸟仔"者,即小麻雀也。"母"者,即女子也,即所谓公母之"母"是也。"奴哥"者,擘黄以为是他人称他的,我则以为是自称的口气,兹译之如下:

小小的麻雀儿,
在瓦檐前啄着,啄着,
我是这许多年还没有妻呀!
看见街上人家闹洋洋的娶亲,
我不由得双泪挂眼边。
有的有,没有的没有,
……

这个译文,意思未见得错,音调的美却完全没有了。所以要保存民歌的绝对的美,似非用方言写出来不可。

这一夜,是在山上说得最舒畅的一夜,直到了大家都微微地呵欠着,方才散了,各进房门去睡。第二夜,月光也不坏。我却忙着写稿子;再一夜,天色却不佳,梦旦先生和擘黄又忙着收拾行囊,预备第二天一早下山。像这样舒畅的夜谈,却终于只有这一夜,这一夜呀!

(本文有删减)

天目山中笔记

/ 徐志摩

> 佛于大众中　说我当作佛
> 闻如是法音　疑悔悉已除
> 初闻佛所说　心中大惊疑
> 将非魔作佛　恼乱我心耶
>
> ——《莲华经·譬喻品》

　　山中不定是清静。庙宇在参天的大木中间藏着,早晚间有的是风,松有松声,竹有竹韵,鸣的禽,叫的是虫子,阁上的大钟,殿上的木鱼,庙身的左边右边都安着接泉水的粗毛竹管,这就是天然的笙箫,时缓时急地掺和着天空地上种种的鸣籁。静是不静的;但山中的声响,不论是泥土里的蚯蚓叫或是轿夫们深夜里"唱宝"的异调,自有一种个别处:它来得纯粹,来得清亮,来得透彻,冰水似的沁入你的脾肺;正如你在泉水里洗濯过后觉得清白些,这些山籁,虽则一样是音响,也分明有洗净的功能。

夜间这些清籁摇着你入梦,清早上你也从这些清籁的怀抱中苏醒。

山居是福,山上有楼住更是修得来的。我们的楼窗开处是一片蓊葱的林海;林海外更有云海!日的光,月的光,星的光:全是你的。从这三尺方的窗户你接受自然的变幻;从这三尺方的窗户你散放你情感的变幻。自在;满足。

今早梦回时睁眼见满帐的霞光。鸟雀们在赞美;我也加入一份。它们的是清越的歌唱,我的是潜深一度的沉默。

钟楼中飞下一声洪钟,空山在音波的磅礴中震荡。这一声钟激起了我的思潮。不,潮字太夸;说思流罢。耶教人说阿门,印度教人说"欧姆"(O-m),与这钟声的嗡嗡,同是从撮口外摄到合口内包的一个无限的波动:分明是外扩,却又是内潜;一切在它的周缘,却又在它的中心;同时是皮又是核,是轴亦复是廓。这伟大奥妙的"Om"使人感到动,又感到静;从静中见动,又从动中见静。从安住到飞翔,又从飞翔回复安住;从实在境界超入妙空,又从妙空化生实在:

"闻佛柔软音,深远甚微妙。"

多奇异的力量!多奥妙的启示!包容一切冲突性的现象,

第四章　生活是一万次的春和景明

扩大刹那间的视域,这单纯的音响,于我是一种智灵的洗净。花开,花落,天外的流星与田畦间的飞萤,上绾云天的青松,下临绝海的巉岩,男女的爱,珠宝的光,火山的溶液:一婴儿在它的摇篮中安眠。

这山上的钟声是昼夜不间歇的,平均五分钟时一次。打钟的和尚独自在钟头上住着,据说他已经不间歇地打了十一年钟,他的愿心是打到他不能动弹的那天。钟楼上供着菩萨,打钟人在大钟的一边安着他的"座",他每晚是坐着安神的,一只手挽着钟棰的一头,从长期的习惯,不叫睡眠耽误他的职司。"这和尚,"我自忖,"一定是有道理的!和尚是没道理的多:方才那知客僧想把七窍蒙充六根,怎么算总多了一个鼻孔或是耳孔;那方丈师的谈吐里不少某督军与某省长的点缀;那管半山亭的和尚更是贪嗔的化身,无端摔破了两个无辜的茶碗。但这打钟和尚,他一定不是庸流,不能不去看看!"他的年岁在五十开外,出家有二十几年,这钟楼,不错,是他管的,这钟是他打的(说着他就过去撞了一下),他每晚,也不错,是坐着安神的,但此外,可怜,我的俗眼竟看不出什么异样。他拂拭着神龛,神坐,拜垫,换上香烛,掇一盂水,洗一把青菜,捻一把米,擦干了手接受香客的布施,又转身去撞一声钟。他脸上看不出修行的清癯,却没有失眠的倦态,倒是满满的不时有笑容的展露；念什么经；不，就念阿弥陀佛，他竟许是不认识字的。"那一带是什么山，叫什么，和尚？""这里是天目山。"他说。"我知道，我说的是那一带的。"我手点着问。"我不知道。"他回答。

山上另有一个和尚，他住在更上去昭明太子读书台的旧址，盖有几间屋，供着佛像，也归庙管的，叫做茅棚，但这不比得普渡山上的真茅棚，那看了怕人的，坐着或是偎着修行的和尚没一个不是鹄形鸠面，鬼似的东西。他们不开口的多，你爱布施什么就放在他跟前的篓子或是盘子里，他们怎么也不睁眼，不出声，随你给的是金条或是铁条。人说得更奇了，有的半年没有吃过东西，不曾挪过窝，可还是没有死，就这冥冥的坐着。他们大约离成佛不远了，单看他们的脸色，就比石片泥土不差什么，一样这黑刺刺，死僵僵的。"内中有几个，"香客们说，"已经成了活佛，我们的祖母早三十年来就看见他们这样坐着的！"

但天目山的茅棚以及茅棚里的和尚，却没有那样的浪漫出奇。茅棚是尽够蔽风雨的屋子，修道的也是活鲜鲜的人，虽则他并不因此减却他给我们的趣味。他是一个高身材，黑面目，行动迟缓的中年人；他出家将近十年，三年前坐过禅关，现在这山上茅棚里来修行；他在俗家时是个商人，家中有父母兄弟姊妹，也许还有自身的妻子；他不曾明说他中年出家的缘由，他只说"俗业太重了，还是出家从佛的好"，但从他沉着的语音与持重的神态中可以觉出他不仅是曾经在人事上受过磨折，并且是在思想上能分清黑白的人。他的口，他的眼，都泄漏着他内里强自抑制，魔与佛交斗的痕迹；说他是放过火杀过人的忏悔者，可信；说他是个回头的浪子，也可信。他不比那钟楼上人的不着颜色，不露曲折：他分明是色的世界里逃来的一个囚犯。三年的禅关，三年的草棚，还不曾压倒，不曾灭净，他肉身的烈火。"俗业太重了，不如出家从佛的好"，这话里岂不颤栗着一往忏悔的深心？我觉着好奇；我怎么能得知他深夜趺坐时意念的究竟？

佛于大众中　说我当作佛
闻如是法音　疑悔悉已除
初闻佛所说　心中大惊疑
将非魔作佛　恼乱我心耶

但这也许看太奥了。我们承受西洋人生观洗礼的，容易把做人看太积极，入世的要求太猛烈，太不肯退让，把住这热虎虎的一个身子一个心放进生活的轧床去，不叫他留存半点汁水回去；非到山穷水尽的时候，决不肯认输，退后，收下旗帜；并且即使承认了绝望的表示，他往往直接向生存本体的取决，不来半不阑珊地收回了步子向后退：宁可自杀，干脆的生命的断绝，不来出家，那是生命的否认。不错，西洋人也有出家做和尚做尼姑的，例如亚佩腊与爱洛绮丝，但在他们是情感方面的转变，原来对人的爱移作上帝的爱，这知感的自体与它的活动依旧不含糊地在着；在东方人，这出家是求情感的消灭，皈依佛法或道法，目的在自我一切痕迹的解脱。再说，这出家或出世的观念的老家，是印度不是中国，是跟着佛教来的；印度可以会发生这类思想，学者们自有种种哲理上乃至物理上的解释，也尽有趣味的。中国何以能容留这类思想，并且在实际上出家做尼僧的今天不比以前少（我新近一个朋友差一点做了小和尚！），这问题正值得研究，因为这分明不仅仅是个知识乃至意识的浅深问题，也许这情形尽有极有趣味的解释的可能，我见闻浅，不知道我们的学者怎样想法，我愿意领教。

第五章

人间种种美好,种种有情

消逝的钟声

/ 史铁生

站在台阶上张望那条小街的时候,我大约两岁多。

我记事早。我记事早的一个标记,是斯大林的死。有一天父亲把一个黑色镜框挂在墙上,奶奶抱着我走近看,说:斯大林死了。

镜框中是一个陌生的老头儿,突出的特点是胡子都集中在上唇。在奶奶的涿州口音中,"斯"读三声。我心想,既如此还有什么好说,这个"大林"当然是死的呀?

我不断重复奶奶的话,把"斯"读成三声,觉得有趣,觉得别人竟然都没有发现这一点可真是奇怪。多年以后我才知道,那是1953年,那年我两岁。

终于有一天奶奶领我走下台阶,走向小街的东端。我一直猜想那儿就是地的尽头,世界将在那儿陷落、消失——因为太阳从那儿爬上来的时候,它的背后好像什么也没有。

谁料，那儿更像是一个喧闹的世界的开端。那儿交叉着另一条小街，那街上有酒馆，有杂货铺，有油坊、粮店和小吃摊；因为有小吃摊，那儿成为我多年之中最向往的去处。那儿还有从城外走来的骆驼队。

"什么呀，奶奶？""啊，骆驼。""干吗呢，它们？""驮煤。""驮到哪儿去呀？""驮进城里。"驼铃一路叮铃当啷叮铃当啷地响，骆驼的大脚蹚起尘土，昂首挺胸目空一切，七八头骆驼不紧不慢招摇过市，行人和车马都给它让路。

我望着骆驼来的方向问："那儿是哪儿？"奶奶说："再往北就出城啦。""出城了是哪儿呀？""是城外。"

"城外什么样儿？""行了，别问啦！"我很想去看看城外，可奶奶领我朝另一个方向走。我说"不，我想去城外"，我说"奶奶我想去城外看看"，我不走了，蹲在地上不起来。奶奶拉起我往前走，我就哭。"带你去个更好玩儿的地方不好吗？那儿有好些小朋友……"我不听，一路哭。

越走越有些荒疏了，房屋零乱，住户也渐渐稀少。沿一道灰色的砖墙走了好一会儿，进了一个大门。啊，大门里豁然开朗完全是另一番景象：大片大片寂静的树林，碎石小路蜿蜒其间。满地的败叶在风中滚动，踩上去吱吱作响。麻雀和灰喜鹊在林中草地上蹦蹦跳跳，坦然觅食。我止住哭声。我平生第一

第五章 人间种种美好，种种有情

次看见了教堂，细密如烟的树枝后面，夕阳正染红了它的尖顶。

我跟着奶奶进了一座拱门，穿过长廊，走进一间宽大的房子。那儿有很多孩子，他们坐在高大的桌子后面只能露出脸。他们在唱歌。一个穿长袍的大胡子老头儿弹响风琴，琴声飘荡，满屋子里的阳光好像也随之飞扬起来。奶奶拉着我退出去，退到门口。唱歌的孩子里面有我的堂兄，他看见了我们但不走过来，唯努力地唱歌。那样的琴声和歌声我从未听过，宁静又欢欣，一排排古旧的桌椅、沉暗的墙壁、高阔的屋顶也似都活泼起来，与窗外的晴空和树林连成一气。那一刻的感受我终生难忘，仿佛有一股温柔又强劲的风吹透了我的身体，一下子钻进我的心中。后来奶奶常对别人说："琴声一响，这孩子就傻了似的不哭也不闹了。"

我多么羡慕我的堂兄，羡慕所有那些孩子，羡慕那一刻的光线与声音，有形与无形。我呆呆地站着，徒然地睁大眼睛，其实不能听也不能看了，有个懵懂的东西第一次被惊动了——那也许就是灵魂吧。后来的事都记不大清了，好像那个大胡子的老头儿走过来摸了摸我的头，然后光线就暗下去，屋子里的孩子都没有了，再后来我和奶奶又走在那片树林里了，还有我的堂兄。堂兄把一个纸袋撕开，掏出一个彩蛋和几颗糖果，说是幼儿园给的圣诞礼物。

这时候,晚祈的钟声敲响了——唔,就是这声音,就是它!这就是我曾听到过的那种缥缥缈缈响在天空里的声音啊!

"它在哪儿呀,奶奶?"

"什么,你说什么?"

"这声音啊,奶奶,这声音我听见过。"

"钟声吗?啊,就在那钟楼的尖顶下面。"

这时我才知道,我一来到世上就听到的那种声音就是这教堂的钟声,就是从那尖顶下发出的。暮色浓重了,钟楼的尖顶上已经没有了阳光。风过树林,带走了麻雀和灰喜鹊的欢叫。钟声沉稳、悠扬、飘飘荡荡,连接起晚霞与初月,扩展到天的深处,或地的尽头……

不知奶奶那天为什么要带我到那儿去,以及后来为什么再也没去过。

不知何时,天空中的钟声已经停止,并且在这块土地上长久地消逝了。

多年以后我才知道,那教堂和幼儿园在我们去过之后不久便都拆除。我想,奶奶当年带我到那儿去,必是想在那幼儿园也给我报个名,但未如愿。

再次听见那样的钟声是在四十年以后了。那年,我和妻子坐了八九个小时飞机,到了地球另一面,到了一座美丽的城市,

第五章　人间种种美好，种种有情

一走进那座城市我就听见了它。

在清洁的空气里，在透彻的阳光中和涌动的海浪上面，在安静的小街，在那座城市的所有地方，随时都听见它在自由地飘荡。

我和妻子在那钟声中慢慢地走，认真地听它，我好像一下子回到了童年。整个世界都好像回到了童年。

对于故乡，我忽然有了新的理解：人的故乡，并不止于一块特定的土地，而是一种辽阔无比的心情，不受空间和时间的限制；这心情一经唤起，就是你已经回到了故乡。

无事此静坐 /汪曾祺

我的外祖父治家整饬,他家的房屋都收拾得很清爽,窗明几净。他有几间空房,檐外有几棵梧桐,室内木榻、漆桌、藤椅。这是他待客的地方。但是他的客人很少,难得有人来。这几间房子是朝北的,夏天很凉快。南墙挂着一条横幅,写着五个正楷大字:

无事此静坐

我很欣赏这五个字的意思。稍大后,知道这是苏东坡的诗,下面的一句是:

一日似两日

第五章 人间种种美好，种种有情

事实上，外祖父也很少到这里来。倒是我常常拿了一本闲书，悄悄走进去，坐下来一看半天，看起来，我小小年纪，就已经有一点儿隐逸之气了。

静，是一种气质，也是一种修养。诸葛亮云："非淡泊无以明志，非宁静无以致远。"心浮气躁，是成不了大气候的。静是要经过锻炼的，古人叫做"习静"。唐人诗云："山中习静观朝槿，松下清斋折露葵。""习静"可能是道家的一种功夫，习于安静确实是生活于扰攘的尘世中人所不易做到的。静，不是一味地孤寂，不闻世事。我很欣赏宋儒的诗："万物静观皆自得，四时佳兴与人同。"唯静，才能观照万物，对于人间生活充满盎然的兴致。静是顺乎自然，也是合乎人道的。

世界是喧闹的。我们现在无法逃到深山里去，唯一的办法是闹中取静。毛主席年轻时曾采用了几种锻炼自己的方法，一种是"闹市读书"。把自己的注意力高度集中起来，不受外界干扰，我想这是可以做到的。

这是一种习惯，也是环境造成的。我在张家口沙岭子农业科学研究所劳动，和三十几个农业工人同住一屋。他们吵吵闹闹，打着马锣唱山西梆子，我能做到心如止水，照样看书、写文章。我有两篇小说，就是在震耳的马锣声中写成的。这种功夫，多年不用，已经退步了，我现在写东西总还是希望有个比较安静的环境，但也不必一定要到海边或山边的别墅中才能构想。

　　大概有十多年了，我养成了静坐的习惯。我家有一对旧沙发，有几十年了。我每天早上泡一杯茶，点一支烟，坐在沙发里，坐一个多小时。虽是端然坐，然而浮想联翩。一些故人往事，一些声音、一些颜色、一些语言、一些细节，会逐渐在我的眼前清晰起来、生动起来。这样连续坐几个早晨，想得成熟了，就能落笔写出一点东西。我的一些小说散文，常得之于清晨静坐之中。曾见齐白石一幅小画，画的是淡蓝色的野藤花，有很多小蜜蜂，有颇长的题记，说这是他家的野藤，花时游蜂无数，他有个孙子曾被蜂蜇，现在这个孙子也能画这种藤花了，最后两句我一直记得很清楚："静思往事，如在目底。"这段题记是用金冬心体写的，字画皆极娟好。"静思往事，如在目底"，我觉得这是最好的创作心理状态。就是下笔的时候，也最好心里很平静，如白石老人题画所说："心闲气静一挥。"

　　我是个比较恬淡平和的人，但有时也不免浮躁，最近就有点儿如我家乡话所说"心里长草"。我希望政通人和，使大家能安安静静坐下来，想一点事，读一点书，写一点文章。

水云　　/ 沈从文

青岛的五月，是个稀奇古怪的时节。自二月起从海上吹来的季候风，饱吹了一季，忽然一息后，阳光热力到达了地面，天气即刻暖和起来。山脚树林深处，便开始有啄木鸟的踪迹和黄莺的鸣声。公园中分区栽种梅花、桃花、玉兰、郁李、棣棠、海棠和樱花，正像约好了日子，都一齐开放了花朵。到处都聚集了些游人，穿起初上身的称身春服，携带酒食和糖果，坐在花木下边草地上赏花取乐。就中有些从南北大都市官场或商场抽空走出，坐了路局的特别列车，来看樱花作短期旅行的，从外表上一望也可明白。这些人为表示当前为自然解放后的从容和快乐，多仰卧在软草地上，用手枕着头，被天上云影压枝繁花弄得发迷，口中还轻轻吹着唿哨，学林中鸣禽唤春。女人多站在草地上和花树前，忙着帮孩子们照相，不受羁勒的孩子们，却在花树间各处乱跑。

生命以痛吻我，我却报之以歌

就在这种阳春烟景中，我偶然看到一本小书，书上有那么一段话——"地上一切花叶都从阳光取得生命的芳馥，人在自然秩序中，也只是一种生物，还待从阳光中取得营养和教育。美不能在风光中静止，生命也不能在风光中静止，值得留心！"因此常常欢喜孤独伶俜的我，带了几个硬绿苹果，带了两本书，向阳光较多无人注意的海边走去。照习惯我是对准日出方向，沿海岸往东走。夸父追日我却迎赶日头，不担心半道会渴死。我的目的正是让不能静止的生命，从风光中找寻那个不能静止的美。我得寻觅，得发现，得受它的影响或征服，从忘我中重新得到我，证实我。走过了惠泉浴场，走过了炮台，走过了建筑在海湾石岨上俄国什么公爵用黄麻石堆就的堡垒形大房子，一片待开辟的荒地……一直到太平角凸出海中那个黛色大石堆上，方不再向前进。这个地方前面已是一片碧绿大海，远远可看见水灵山岛的灰色圆影，和海上船只驶过时在浅紫色天末留下那一缕淡烟。我身背后是一片马尾松林，好像一个一个翠绿扫帚，倒转竖起扫拂天云。矮矮的疏疏的马尾松下，到处有一丛丛淡蓝色和黄白间杂野花正任意开放，花丛里还常常可看到一对对小而伶俐麻褐色野兔，神气天真烂漫，在那里追逐游戏。这地方原有一部分已划作新住宅区，还无一座房子，游人又极稀少，本来应该算是这些小小生物的特别区，所以与陌生人互

第五章 人间种种美好，种种有情

相发现时，必不免抱有三分好奇，眼珠子骨碌碌地对人望望。望了好一会，似乎从神情间看出了一点危险，或猜想到"人"是什么，方憬然惊悟，猛回头在草树间奔窜。逃走时恰恰如一个毛团弹子一样迅速，也如一个弹子那么忽然触着树身而转折，更换以一个方向继续奔窜。这聪敏活泼小生物，终于在绿色马尾松和杂花乱草间消失了。我于是好像有点抱歉，来估想它受惊以后跑回窝中的情形。它们照例是用山道间埋在地下的引水陶筒做窝的，因为里面四通八达，合乎传说上的三窟意义。进去以后，必互相挤得紧紧的，为求安全准备第二次逃奔，因为有时很可能是被一匹顽皮的小狗所追逐，这小狗却用一种好奇好事心情，徘徊在水道口。过一会儿心定了些，才小心谨慎从水道口露出那两个毛茸茸的耳朵和光头，听听远近风声，明白天下太平后，才重新出到草丛树根间来游戏。

我坐的地方八尺以外，便是一道陡峻的悬崖，向下直插深入海中。……海水有时平静不波，如一片光滑的玻璃，在阳光下时时刻刻变化颜色。有时又可看到两三丈高的大浪头，戴着皱折的白帽子，排列成行成队，直向岩石下扑撞，结果这浪头却变成一片银白色的水沫，一阵带咸味的雾雨。我一面让和暖阳光烘炙肩背手足，取得生命所需要的热力，一面即用身前这片大海教育我，淘深我的生命。时间长，次数多，天与树与海的形色气味，便静静地溶解到了我绝对单独的灵魂里。我虽寂寞却并不悲伤。因为从默会遐想中，体会到生命中所孕育的智慧和力量。心脏跳跃节奏中，俨然有形式完美韵律清新的诗歌，和调子柔软而充满青春纪念的音乐。

"名誉、金钱，或爱情，什么都没有，那不算什么。我有一颗能为一切现世光影而跳跃的心，就很够了。这颗心不仅能够梦想一切，还可以完全实现它。一切花草既都能从阳光下得到生机，各自于阳春烟景中芳菲一时，我的生命也待发展，待开放，必有惊人的美丽与芳香！"

我仰卧时那么打量。一起身有另外一种回答出自中心深处。这正是想象碰着边际时所引起的一种回音。回音中杂有一点世故，一点冷嘲，一种受社会长期挫折蹂躏过的记号。

"一个人心情骄傲，性格孤僻，未必就能够作战士！应当时时刻刻记住，得谨慎小心，你到的原是个深海边。身体纵不至于掉进海里去，一颗心若掉到梦想荒唐幻异境界中去，也相当危险，挣扎出时并不容易。"

这点世故对于当时环境中的我当然不需要，因此我重新躺下去。俨若表示业已心甘情愿受我选定的生活选定的人事所征服。我正等待这种征服。

"为什么要挣扎？倘若那正是我要到的去处，用不着使力挣扎的。我一定放弃任何抵抗愿望，一直向下沉。不管它是带咸味的海水，还是带苦味的人生，我要沉到底为止。这才像是生命。我需要的就是绝对的皈依，从皈依中见到神。我是个乡下人，走向任何一处照例都带了一把尺、一把秤，和普通社会总是不合。一切来到我命运中的事事物物，我有我自己的尺寸和分量，来证实生命的价值和意义。我用不着你们名叫'社会'为制定的那个东西，我讨厌一般标准，尤其是什么伪'思想家'为扭曲压扁人性而定下的庸俗乡愿标准。这种思想算是什么？不过是少年时男女欲望受压抑，中年时权势欲望受打击，老年时体力活动受限制，因之用这个来弥补自己并向人间复仇的人病态的行为罢了。这种人照例先是显得极端别扭表示深刻，到后又显得极端和平表示纯粹，本身就是一种矛盾。这种人从来就是不健康的，哪能够希望有个健康人生观。一般社会把这种人叫做思想家，只因为一般人都不习惯思想，不惯检讨思想家的思想。一般人都乐意用校医室的磅秤称身体和灵魂。更省事是只称一次。"

"好，你不妨试试看，能不能用你自己那个尺和秤，来到这个广大繁复的人间，量度此后人我的关系。"

"你难道不相信吗？"

"你应当自己有自信，不必担心别人不相信。一个人常常因为对自己缺少自信，总要从别人相信中得到证明。政治上纠纠纷纷，以及在这种纠纷中的牺牲，使百万人在面前流血，流血的意义，真正说来，也不过就为的是可增加某种少数人自己那点自信。在普通人事关系上，且有人自信不过，又无从用牺牲他人得到证明。所以一失了恋就自杀的。这种人做了一件其蠢无以复加的行为，还以为是在追求生命最高的意义，而且得到了它。"

"我是如你所谓灵魂上的骄傲，也要始终保留那点自信的！"

"那自然极好，因为凡真有自信的人，不问他的自信是从官能健康或观念顽固而来，都可望能够赢得他人相信的。不过你要注意，风不常向一定方向吹。我们生活中到处是'偶然'，生命中还有比理性更具势力的'情感'，一个人的一生可说即由偶然和情感乘除而来。你虽不迷信命运，新的偶然和情感，可将形成你明天的命运，还决定后天的命运。"

"我自信能得到我所要的，也能拒绝我不要的。"

"这只限于选购牙刷一类小事情。另外一件小事情，就会发现势不可能。至于在人事上，你不能有意得到那个偶然的凑巧，也无从拒绝那个附于情感上的弱点，由偶然凑巧而做成的碰头。"

辩论到这个时候，仿佛自尊心起始受了点损害，躺卧向天

第五章　人间种种美好，种种有情

那个我，于是沉默了。坐着望海那个我，因此也沉默了。

试看看面前的大海，海水明蓝而静寂，温厚而蕴藉。虽明知中途必有若干海岛，可作候鸟迁移时的栖息，鸟类一代接续一代而从不把它的位置记错。且一直向前，终可达到一个绿芜照眼的彼岸，有一切活泼自由生命存在。但缺少航海经验的人，是无从用想象去证实的。这也正与一个人的生命相似，未来一切无从由他人经验取证，亦无从由书本取证。再试抬头看看天空云影，并温习另外一时同样天空的云影，我便俨若重新有会于心。因为海上的云彩实在华丽异常。有时五色相煊，千变万化，天空如张开一铺活动锦毯。有时又素净纯洁，天空但见一片明莹绿玉，别无他物。这地方一年中有大半年天空中竟完全是一幅神奇的图画，充满青春的噓息，煽起人狂想和梦想，看来令人起轻快感、温柔感、音乐感、情欲感。海市蜃楼就在这种天空中显现，它虽不常在人眼底，却永远在人心中。秦皇汉武的事业，同样结束在一个长生不死青春常驻的梦境里，不是毫无道理的。然而这应当是偶然和情感乘除，此外是不是还有点别的什么？

我不羡慕神仙，因为我是个从乡下来的凡人。我偶然厌倦了军队中平板生活，撞入都市，因之便来到一个大学教书。在现实生活中我还不曾受过任何女人关心，也不曾怎样关心过别的女人。我在缓缓移动云影下，做了些青年人所能做的梦。我明白我这颗心在情分取予得失上，受得住人的冷淡糟蹋，也载得起从人取来的忘我狂欢。我试重新询问我自己："什么人能在我生命中如一条虹、一粒星子，记忆中永远忘不了？世界上应当有那么一个人。"

"怎么这样谦虚得小气？这种人并不止一个，行将就要陆续侵入你的生命中，各自保有一点虽脆弱实顽固的势力。这些人名字都叫做'偶然'。名字虽有点俗气，但你并不讨厌它，因为它比虹和星还无固定性，还无再现性。它过身，留下一点什么在这个世界上；它消失，当真就消失了。除留在你心上那个痕迹，说不定从此就永远消失了。这消失也不使人悲观，为的是它曾经活在你或他人的心上过。凡曾经一度在你心上活过来的，当你的心还能跳跃时，另外那一个人生命也就依然有他本来的光彩，并未消失。那些偶然的颦笑、明亮的眼目、纤秀的手足、有式样的颈肩、谦退的性格，以及常常附于美丽自觉而来的彼此轻微妒忌，既侵入你的生命，也即反映在你人格中、文字中，并未消失。世界虽如此广大，这个人的心和那个人的心却容易撞触。况且人间到处是偶然。"

"我是不是也能够在另外一个生命中保留一种势力？"

"这应当看你的情感。"

第五章 人间种种美好,种种有情

"难道我和人对于自己,都不能照一种预定计划去做一点安排?"

"唉,得了。什么叫做计划?你意思是不是说那个理性可以为你决定一件事情,而这事情又恰恰是上帝从不曾交把任何一个人的?你试想想看:能不能决定三点钟以后,从海边回到你那个住处去,半路上会有些什么事情等待你?这些事影响到一年两年后的生活可能有多大?若这一点你失败了,那其他的事情,显然就超过你智力和能力以外更远了。这种测验对于你也不是件坏事情。因为可让你明白偶然和情感将来在你生命中的种种势力,说不定还可以增加你一点忧患来临的容忍力,和饮浊含清的适应力——也就是新的道家思想,在某一点某一事上,你得保留一种信天委命的达观,方不至于……"

我于是靠在一株马尾松旁边,一面随手采摘那些杂色不知名野花,一面试去想象下午回住处时半路上可能发生的一切事情。我知道自然会有些事情。

(本文有删减)

刹那 　/朱自清

我所谓"刹那",指"极短的现在"而言。

在这个题目下面,我想略略说明我对于人生的态度。现在人说到人生,总要谈它的意义和价值;我觉得这种"谈"是没有意义与价值的。且看古今多少哲人,他们对于人生,都曾试作解人,议论纷纷,莫衷一是;他们"各思以其道易天下",但是谁肯真个信从呢?——他们只有自慰自驱罢了!我觉得人生的意义与价值横竖是寻不着的;——至少现在的我们是如此——而求生的意志却是人人都有的。既然求生,当然要求好好的生。如何求好好的生,是我们各人"眼前的"最大的问题;而全人生的意义与价值却反是大而无当的东西,尽可搁在一旁,存而不论。因为要求好好的生,断不能用总解决的办法;若用总解决的办法,便是"好好的"三个字的意义,也尽够你一生的研究了,而"好好的生"终于不能努力去求的!这不是走入

第五章　人间种种美好，种种有情

了牛角湾里去了么？要求好好的生，须零碎解决，须随时随地去体会我生"相当的"意义与价值；我们所要体会的是刹那间的人生，不是上下古今东西南北的全人生！

着眼于全人生的人，往往忘记了他自己现在的生活。他们或以为人生的意义与价值在于过去；时时回顾着从前的黄金时代，涎垂三尺！而不知他们所回顾的黄金时代，实是传说的黄金时代！——就是真有黄金时代；区区的回顾又岂能将它招回来呢？他们又因为念旧的情怀，往往将自己的过去任情扩大，加以点染，作为回顾的资料、惆怅的因由。这种人将在惆怅、惋惜之中度了一生，永没有满足的现在——一刹那也没有！惆怅惋惜常与彷徨相伴；他们将彷徨一生而无一刹那的成功的安息！这是何等的空虚呀。着眼于全人生的，或以为人生的意义与价值在于将来；时时等待将来的奇迹。而将来的奇迹真成了奇迹，永不降临于拢着手、垫着脚、伸着颈，只知道"等待"的人！他们事事都等待"明天"去做，"今天"却专为作为等待之用；自然的，到了明天，又须等待明天的明天了。这种人到了死的一日，将还留着许许多多明天"要"做的事——只好来生再做了吧！他们以将来自驱，在徒然的盼望里送了一生，成功的安慰不用说是没有的，于是也没有满足的一刹那！"虚空的虚空"便是他们的运命了！这两种人的毛病，都在远离了现在——尤其是眼前的一刹那。

着眼于现在的人未尝没有。自古所谓"及时行乐",正是此种。但重在行乐,容易流于纵欲;结果偏向一端,仍不能得着健全的、谐和的发展 ——仍不能得着好好的生!况且所谓"及时行乐",往往"醉翁之意不在酒";不过借此掩盖悲哀,并非真正在行乐。杨恽说:"人生行乐耳,须富贵何时!"明明是不得志时的牢骚语。"遇饮酒时须饮酒,得高歌处且高歌",明明是哀时事不可为而厌世的话。这都是消极的!消极的行乐,虽属及时,而意别有所寄;所以便不能认真做去,所以便不能体会行乐的一刹那的意义与价值 ——虽然行乐,不满足还是依然,甚至变本加厉呢!欧洲的颓废派,自荒于酒色,以求得刹那间官能的享乐为满足;在这些时候,他们见着美丽的幻象,认识了自己。他们的官能虽较从前人敏锐多多,但心情与纵欲的及时行乐的人正是大同小异。他们觉到现世的苦痛,已至忍无可忍的时候,才用颓废的办法,以求暂时的遗忘;正如糖面金鸡纳霜丸一般,面子上一点甜,里面却到心都是苦呀!友人某君说,颓废便是慢性的自杀,实能道出这一派的精微处。总之,无论行乐派、颓废派,深浅虽有不同,却都是"伤心人别有怀抱";他们有意的或无意的企图"生之毁灭"。这是求生意志的消极的表现;这种表现当然不能算是好好的生了。他们面前的满足安慰他们的力量,决不抵他们背后的不满足压迫他们的力量;他们终于不能解脱自己,仅足使自己沉沦得更深而已!

第五章　人间种种美好，种种有情

他们所认识的自己，只是被苦痛压得变形了的，虚空的自己；决不是充实的生命，决不是的！所以他们虽着眼于现在，而实未体会现在一刹那的生活的真味；他们不曾体会着一刹那的意义与价值，仍只是白辜负他们的刹那的现在！

我们目下第一不可离开现在，第二还应执着现在。我们应该深入现在的里面，用两只手揿牢它，愈牢愈好！已往的人生如何的美好，或如何的乏味而可憎；已往的我生如何的可珍惜，或如何的可厌弃，"现在"都可不必去管它，因为过去的已"过去"了。——孔子岂不说"往者不可谏"么？将来的人生与我生，也应作如是观；无论是有望，是无望，是绝望，都还是未来的事，何必空空地操心呢？要晓得"现在"是最容易明白的；"现在"虽不是最好，却是最可努力的地方，就是我们最能管的地方。因为是最能管的，所以是最可爱的。古尔孟[①]曾以葡萄喻人生：说早晨还酸，傍晚又太熟了，最可口的是正午时摘下的。这正午的一刹那，是最可爱的一刹那，便是现在。事情已过，追想是无用的；事情未来，预想也是无用的；只有在事情正来的时候，我们可以把捉它，发展它，改正它，补充它：使它健全、谐和，成为完满的一段落、一历程。历程的满足，给我们相当的欢喜。譬如我来此演讲，在讲的一刹那，我只专心

---

① 法国诗人，现一般译为古尔蒙。——编者注

致志地讲；决不想及演讲以前吃饭、看书等事，也不想及演讲以后发表讲稿，毁誉等事。——我说我所爱说的，说一句是一句，都是我心里的话。我说完一句时，心里便轻松了一些，这就是相当的快乐了。这种历程的满足，便是我所谓"我生相当的意义与价值"，便是"我们所能体会的刹那间的人生"。无论您对于全人生有如何的见解，这刹那间的意义与价值总是不可埋没的。您若说人生如电光泡影，则刹那便是光的一闪、影的一现。这光影虽是暂时的存在，但是有不是无，是实在不是空虚；这一闪一现便是实现，也便是发展——也便是历程的满足。您若说人生是不朽的，刹那的生当然也是不朽的。您若说人生向着死亡之路，那么，未死前的一刹那总是生，总值得好好地体会一番；何况未死前还有无量数的刹那呢？您若说人生是无限的，好，刹那也可说是无限的。无论怎样说，刹那总是有的，总是真的；刹那间好好的生总可以体会的。好了，不要思前想后的了，耽误了"现在"，又是后来惋惜的资料，向谁去追索呀？你们"正在"做什么，就尽力做什么吧；最好的是-ing，可宝贵的-ing呀！你们要努力满足"此时此地此我"！——这叫做"三此"，又叫做刹那。

言尽于此，相信我的，不要再想，赶快去做你今晚的事吧；不相信的，也不要再想，赶快去做你今晚的事吧！

小病   /老舍

大病往往离死太近,一想便寒心,总以不患为是。即使承认病死比杀头活埋剥皮等死法光荣些,到底好死不如歹活着。半死不活的味道使盖世的英雄泪下如涌呀。拿死吓唬任何生物是不人道的。大病专会这么吓唬人,理当回避,假若不能扫除净尽。

可是小病便当另作一说了。山上的和尚思凡,比城里的学生要厉害许多。同样,楚霸王不害病则没得可说,一病便了不得。生活是种律动,须有光有影,有左有右,有晴有雨;滋味就含在这变而不猛的曲折里。微微暗些,然后再明起来,则暗得有趣,而明乃更明;且至明过了度,忽然烧断,如百烛电灯泡然。这个,照直了说,便是小病的作用。常患些小病是必要的。

所谓小病,是在两种小药的能力圈内,阿司匹灵[1]与清瘟解

---

[1] 即阿司匹林。——编者注

毒丸是也。这两种药所不治的病，顶好快去请大夫，或者立下遗嘱，备下棺材，也无所不可，咱们现在讲的是自己能当大夫的"小"病。这种小病，平均每个半月犯一次就挺合适。一年四季，平均犯八次小病，大概不会再患什么重病了。自然也有爱患完小病再患大病的人，那是个人的自由，不在话下。

咱们说的这类小病很有趣。健康是幸福；生活要趣味。所以应当讲说一番：

小病可以增高个人的身分。不管一家大小是靠你吃饭，还是你白吃他们，日久天长，大家总对你冷淡。假若你是挣钱的，你越尽责，人们越挑眼，好像你是条黄狗，见谁都得连忙摆尾；一尾没摆到，即使不便明言，也暗中唾你几口。不大离的你必得病一回，必得！早晨起来，哎呀，头疼！买清瘟解毒丸去，还有阿司匹灵吗？不在乎要什么，要的是这个声势，狗的地位提高了不知多少。连懂点事的孩子也要闭眼想想了——这棵树可是倒不得呀！你在这时节可以发散发散狗的苦闷了，卫生的要术。你若是个白吃饭的，这个方法也一样灵验。特别是妈妈与老嫂子，一见你真需要阿司匹灵，她们会知道你没得到你所应得的尊敬，必能设法安慰你：去听听戏，或带着孩子们看电影去吧？她们诚意地向你商量，本来你的病是吃小药饼或看电影都可以治好的，可是你的身分高多了呢。在朋友中、社会中，

第五章 人间种种美好，种种有情

光景也与此略同。

此外，小病两日而能自己治好，是种精神的胜利。人就是别投降给大夫。无论国医西医，一律招惹不得。头疼而去找西医，他因不能断证——你的病本来不算什么——一定嘱告你住院，而后详加检验，发现了你的小脚指头不是好东西，非割去不可。十天之后，头疼确是好了，可是足指剩了九个。国医文明一些，不提小脚指头这一层，而说你气虚，一开便是二十味药，他越摸不清你的脉，越多开药，意在把病吓跑。就是不找大夫。预防大病来临，时时以小病发散之，而小病自己会治，这就等于"吃了萝卜喝热茶，气得大夫满街爬"！

有宜注意者：不当害这种病时，别害。头疼，大则失去一个王位，小则能惹出是非。设个小比方：长官约你陪客，你说头疼不去，其结果有不易消化者。怎样利用小病，须在全部生活艺术中搜求出来。看清机会，而后一想象，乃由无病而有病，利莫大焉。

这个，从实际上看，社会上只有一部分人能享受，差不多是一种雅好的奢侈。可是，在一个理想国里，人人应该有这个自由与享受。自然，在理想国内也许有更好的办法；不过，什么办法也不及这个浪漫，这是小品病。

从孩子得到的启示 　　/丰子恺

晚上喝了三杯老酒,不想看书,也不想睡觉,捉一个四岁的孩子华瞻来骑在膝上,同他寻开心。我随口问:

"你最喜欢什么事?"

他仰起头一想,率然地回答:"逃难。"

我倒有点奇怪:"逃难"两字的意义,在他不会懂得,为什么偏偏选择它?倘然懂得,更不应该喜欢了。我就设法探问他:

"你晓得逃难就是什么?"

"就是爸爸、妈妈、宝姐姐、软软……娘姨,大家坐汽车,去看大轮船。"

啊!原来他的"逃难"的观念是这样的!他所见的"逃难",是"逃难"的这一面!这真是最可喜欢的事!

一个月以前,上海还属孙传芳的时代,国民革命军将到上海的消息日紧一日,素不看报的我,这时候也订一份《时事新

第五章 人间种种美好，种种有情

报》，每天早晨看一遍。有一天，我正在看昨天的旧报，等候今天的新报的时候，忽然上海方面枪炮声响了，大家惊惶失色，立刻约了邻人，扶老携幼地逃到附近的妇孺救济会里去躲避。其实倘然此地果真进了战线，或到了败兵，妇孺救济会也是不能救济的。不过当时张皇失措，有人提议这办法，大家就假定它为安全地带，逃了进去。那里面地方很大，有花园、假山、小川、亭台、曲栏、长廊、花树、白鸽，孩子们一进去，登临盘桓，快乐得如入新天地了。忽然兵车在墙外轰过，上海方面的机关枪声、炮声，愈响愈近，又愈密了。大家坐定之后，听听，想想，方才觉到这里也不是安全地带，当初不过是自骗罢了。有决断的人先出来雇汽车逃往租界。每走出一批人，留在里面的人增一次恐慌。我们集合邻人来商议，也决定出来雇汽车，逃到杨树浦的沪江大学。于是立刻把小孩子们从假山中、栏杆内捉出来，装进汽车里，飞奔杨树浦了。

所以决定逃到沪江大学者，因为一则有邻人与该校熟识，二则该校是外国人办的学校，较为安全可靠。枪炮声渐远渐弱，到听不见了的时候，我们的汽车已到沪江大学。他们安排一个房间给我们住，又为我们代办膳食。傍晚，我坐在校旁黄浦江边的青草堤上，怅望云水遥忆故居的时候，许多小孩子采花、卧草，争看无数的帆船、轮船的驶行，又是快乐得如入新天地了。

次日,我同一邻人步行到故居来探听情形的时候,青天白日的旗子已经招展在晨风中,人人面有喜色,似乎从此可庆承平了。我们就雇汽车去迎回避难的眷属,重开我们的窗户,恢复我们的生活。从此"逃难"两字就变成家人的谈话的资料。

这是"逃难"。这是多么惊慌、紧张而忧患的一种经历!然而人物一无损丧,只是一次虚惊;过后回想,这回好似全家的人突发地出门游览两天。我想假如我是预言者,晓得这是虚惊,我在逃难的时候将何等有趣!素来难得全家出游的机会,素来少有坐汽车、游览、参观的机会。那一天不论时,不论钱,浪漫地、豪爽地、痛快地举行这游历,实在是人生难得的快事!只有小孩子真果感得这快味!他们逃难回来以后,常常拿香烟簏子来叠作栏杆、小桥、汽车、轮船、帆船;常常问我关于轮船、帆船的事;墙壁上及门上又常常有有色粉笔画的轮船、帆船、亭子、石桥的壁画出现。可见这"逃难",在他们脑中有难忘的欢乐的印象。所以今晚我无端地问华瞻最喜欢什么事,他立刻选定这"逃难"。原来他所见的,是"逃难"的这一面。

不止这一端:我们所打算、计较、争夺的洋钱,在他们看来个个是白银的浮雕的胸章;仆仆奔走的行人,血汗涔涔的劳动者,在他们看来个个是无目的地在游戏,在演剧;一切建设,一切现象,在他们看来都是大自然的点缀、装饰。

唉!我今晚受了这孩子的启示了:他能撤去世间事物的因果关系的网,看见事物的本身的真相。他是创造者,能赋给生命于一切的事物。他们是"艺术"的国土的主人。唉,我要从他学习!

生之记录（节选）　　/沈从文

一

下午时，我倚在一堵矮矮的围墙上，浴着微温的太阳。春天快到了，一切草，一切树，还不见绿，但太阳已很可恋了。从太阳的光上我认出春来。

没有大风，天上全是蓝色。我同一切，浴着在这温暾的晚阳下，都没言语。

"松树，怎么这时又不做出昨夜那类响声来吓我呢？"

"那是风，何尝是我意思！"有微风树间在动，做出小小声子在答应我了！

"你风也无耻，只会在夜间来！"

"那你为什么又不常常在阳光下生活？"

我默然了。

第五章 人间种种美好，种种有情

因为疲倦，腰隐隐在痛，我想哭了。在太阳下还哭，那不是可羞的事吗？我怕在墙坎下松树根边侧卧着那一对黄鸡笑我，竟不哭了。

"快活的东西，明天我就要教老田杀了你！"

"因为妒嫉的缘故。"松树间的风，如在揶揄我。

我妒嫉一切，不止是人！我要一切，把手伸出去，别人把工作扔在我手上了，并没有见我所要的同来到。候了又候，我的工作已为人取去，随意地一看，又放下到别处去了，我所希望的仍然没有得到。

第二次，第三次，扔给我的还是工作。我的灵魂受了别的希望所哄骗，工作接到手后，又低头在一间又窄又霉的小房中做着了，完后再伸手出去，所得的还是工作！

我见过别的朋友们，忍受着饥寒，伸着手去接得工作到手，毕后，又伸手出去，直到灵魂的火焰烧完，伸出的手还空着，就此僵硬，让漠不相关的人抬进土里去，也不知有多少了。

这类烧完了热安息了的幽魂，我就有点妒嫉它。我还不能像他们那样安静地睡觉！梦中有人在追赶我，把我不能做的工作扔在我手上，我怎么不妒嫉那些失了热的幽魂呢？

我想着，低下头去，不再顾到抖着脚曝于日的鸡笑我，仍然哭了。

在我的泪点坠跌际,我就妒嫉它,泪能坠到地上,很快地消灭。

我不愿我身体在灵魂还有热的以前消灭。有谁人能告我以灵魂的火先身体而消灭的方法吗?我称他为弟兄、朋友、师长——或更好听一点的什么,只要把方法告我!

我忽然想起我浪了那么多年为什么还没烧完这火的事情了,研究它,是谁在暗里增加我的热。

——母亲,瘦黄的憔悴的脸,是我第一次出门做别人副兵时记下来的……

——妹,我一次转到家去,见我灰的军服,为灰的军服把我们弄得稍稍陌生了一点,躲到母亲的背后去;头上扎着青的绸巾,因为额角在前一天涨水时玩着碰伤了……

——大哥,说是"少喝一点吧",答说"将来很难再见了"。看看第二支烛又只剩一寸了,说是"听鸡叫从到关外就如此了",大的泪,沿着为酒灼红了的瘦颊流着……

"我要把妈的脸变胖一点",单想起这一桩事,我的火就永不能熄了。

若把这事忘却,我就要把我的手缩回,不再有希望了……

可以证明春天将到的日头快沉到山后去了。我腰还在痛。想拾片石头来打那骄人的一对黄鸡一下,鸡咯咯地笑着逃走去。

第五章 人间种种美好，种种有情

把石子向空中用力掷去后，我只有准备夜来受风的恐吓。

二

灰的幕，罩上一切，月不能就出来，星子很多在动。在那只留下一个方的轮廓的建筑下面，人还能知道是相互在这世上活着，我却不能相信世上还有两个活人。世上还有活东西我也不肯信。因为一切死样的静寂，且无风。

我没有动作，倚在廊下听自己的出气。

若是世界永远是这样死样沉寂下去，我的身子也就这样不必动弹，作为死了，让我的思想来活，管领这世界。凡是在我眼面前生过的，将再在我思想中活起来了，不论仇人或朋友，连那被我无意中捏死的吸血蚊子。

我要再来受一道你们世上人所给我的侮辱。

我要再见一次所见过人类的残酷。

我要追出那些眼泪同笑声的损失。

我要捉住那些过去的每一个天上的月亮拿来比较。我要称称我朋友们送我的感情的分量。

我要摩摩那个把我心碰成永远伤创的人的眼。

我要哈哈地笑，像我小时的笑。

我要在地下打起滚来哭，像我小时的哭！

……

我没有那样好的运,就是把这死寂空气再延下去一个或半个时间也不可能——一支笛子,在比那堆只剩下轮廓的建筑更远一点的地方,提高喉咙在歌了。

听不出他是怒还是喜来,孩子们的嘴上,所吹得出的是天真。

"小小的朋友,你把笛子离开嘴,像我这样,倚在墙或树上,地上的石板干净你就坐下,我们两人来在这死寂的世界中,各人把过去的世界活在思想里,岂不是好吗?在那里,你可以看见你所爱的一切,比你吹笛子好多了!"

我的声音没有笛子的尖锐,当然他不会听到。

笛子又在吹了,不成腔调,正可证明他的天真。

他这个时候是无须乎把世界来活在思想里的,听他的笛子的快乐的调子可以知道。

"小小的朋友,你不应当这样!别人都没有做声,为什么你来搅乱这安宁,用你的不成腔的调子?你把我一切可爱的复活过来的东西都破坏了,罪人!"

笛子还在吹。他若能知道他的笛子有怎样大的破坏性,怕也能看点情面把笛子放下吧。

什么都不能想了,只随到笛子的声音。